中華古籍保護計劃

ZHONG HUA GU JI BAO HU JI HUA CHENG GUO

·成果·

(唐)白居易　撰

宋本白氏文集

第一册

國家圖書館出版社

圖書在版編目(CIP)數據

宋本白氏文集:全十册 / (唐)白居易撰.-- 北京:國家圖書館出版社,2017.12

(國學基本典籍叢刊)

ISBN 978-7-5013-6259-2

Ⅰ.①宋… Ⅱ.①白… Ⅲ.①中國文學—古典文學—作品綜合集—唐代 Ⅳ.①I214.212

中國版本圖書館 CIP 數據核字(2017)第 241865 號

書　　名　宋本白氏文集(全十册)
著　　者　(唐)白居易　撰
責任編輯　黄　静
封面設計　徐新狀

出　　版　國家圖書館出版社(100034　北京市西城區文津街 7 號)
(原書目文獻出版社　北京圖書館出版社)
發　　行　010-66114536　66126153　66151313　66175620
66121706(傳真)　66126156(門市部)
E-mail　nlcpress@nlc.cn(郵購)
Website　www.nlcpress.com→投稿中心
經　　銷　新華書店
印　　裝　北京市通州興龍印刷廠
版　　次　2017 年 12 月第 1 版　2017 年 12 月第 1 次印刷

開　　本　880×1230(毫米)　1/32
印　　張　61

書　　號　ISBN 978-7-5013-6259-2
定　　價　198.00 圓

《國學基本典籍叢刊》編委會

《國學基本典籍叢刊》前言

國家圖書館出版社(原書目文獻出版社 北京圖書館出版社)成立三十多年來,出版了大量的中國傳統文化典籍。由於這些典籍的出版往往採用叢書的方式或綫裝形式,供公共圖書館和大學圖書館典藏使用,普通讀者因價格較高、部頭較大,不易購買使用。爲弘揚優秀傳統文化,滿足廣大普通讀者的需求,現將經、史、子、集各部的常用典籍,選擇善本,分輯陸續出版單行本。每書之前均加簡要説明,必要者加編目録和索引,總名《國學基本典籍叢刊》。歡迎讀者提出寶貴意見和建議,以使這項工作逐步完善。

國家圖書館出版社

二〇一六年四月

序　言

白居易（七七二—八四六）字樂天，晚號香山居士，又號醉吟先生。其先蓋太原人，世敦儒業，皆以明經出身。至曾祖時徙於下邽（今陝西渭南）。樂天自幼聰慧過人，襟懷宏放。貞元中，擢進士、拔萃皆中，補校書郎。元和間（八〇六—八二〇），歷遷翰林學士、左拾遺、左贊善大夫，後貶江州司馬。長慶元年（八二一）轉中書舍人，二年除杭州刺史，築堤捍錢塘湖，溉田千頃，復浚李泌六井，民賴其汲。會昌中，以刑部尚書致仕，六年（八四六）卒，贈尚書右僕射，謚曰文。樂天於文章精切，然最工詩。初與元稹酬詠，世號『元白』；稹卒，與劉禹錫唱和，又稱『劉白』。兩《唐書》均有傳。

白居易生活在『安史之亂』之後，隨之而來的王朝盛衰轉折和連鎖反應仍在發酵、持續。藩鎮割據，群雄並起，政府無力轄控，盛世王朝走向衰弱。白居易曾因戰亂而顛沛，目睹民生疾苦，亦親歷官場鬥争，這些生活軌跡對他的人生選擇及詩文風格影響深遠。《新唐書》本傳贊其：『始以直道奮，在天子前争安危，冀以立功，雖中被斥，晚益不衰。當宗閔時，權勢震赫，終不附離爲進取計，完節自高。』長慶末，浙東觀察使元稹爲居易集序曰：『大凡人之文，各有所長，樂天長可以爲多矣。夫以諷喻之詩長於激，閑適之詩長於遣，感傷之詩長於切，五字律詩百言而上長於贍，五字七字百言而下長於情，賦贊箴戒之類長於當，碑記敘事制誥長於實，啓奏表狀長於直，書檄詞册剖判長於盡。總而言之，不亦多乎哉！』（《白氏長慶集序》）歸納總結十分精到，直白全面贊賞好友之文才，並高度肯定白氏集之文學價值。

《舊唐書》本傳載：『居易嘗寫其文集，送江州東西二林寺、洛城香山聖善等寺，如佛書雜傳例流行之。』李致忠先生於《宋刻唐人文集》録白居易《白氏集後記》云：『白氏前著《長慶集》五十卷，元微之爲之序；《後集》二十卷，自爲序；今有《續後集》五卷，自爲記。前後七十五卷，詩筆大小凡三千八百四十首。集有五本：一本在廬山東林寺經藏院；一本在蘇州禪林寺經藏内；一本在東都聖善寺鉢塔院律庫樓；一本付侄龜郎；一本付外孫談閣童，各藏於家，傳於後。其日本、新羅諸國及兩京人家傳寫者，不在此記。』《新唐書·藝文志》著録《白氏長慶集》七十五卷。《崇文總目》著録有『白氏文集七十卷』，當爲《前集》《後集》合併之卷次。《郡齋讀書志》《直齋書録解題》著録『白氏長慶集七十一卷』，與今之卷次合。陳氏案曰：『《長慶集》五十卷，元微之爲序，《後集》二十卷，自爲序，今又《續後集》五卷，自爲記，前後七十五卷，時會昌五年也。墓誌乃云「集前後七十卷」，當時預爲誌時未有《續後集》。』據此可知，白氏在生前不斷整理詩文稿，不斷編輯、增加、調整，至會昌五年終成定稿七十五卷，翌年白氏與世長辭，其後不可能再隨寫隨編。南宋初年以後出現七十一卷本，但此七十一卷本是否爲七十五卷亡佚四卷，則難以稽考。

四庫館臣稱『錢曾《讀書敏求記》稱所見宋刻居易集兩本，皆題爲《白氏文集》，不名《長慶集》。汪立名校刻《香山詩集》，亦謂寶曆以後之詩不應概題曰「長慶」』（《四庫全書總目》卷一百五十一）。諸家書目中有稱『白氏文集』者，亦有以『白氏長慶集』題名者，卷次相差無幾，應均爲白氏之合集，四庫館臣以爲『宋刻必作《白氏文集》，亦未盡然』。故白氏合集之稱名，未有統一，然據所載卷次，當係一書； 或稱『白氏』，或稱『長慶』，原因爲何，未有確論。

國內現存的《白氏文集》主要版本有宋刻本（即此本，已考證當爲宋紹興間杭州地區刻本）、明萬曆馬元調刻本、清康熙間汪立名校刻《白香山詩集》本、《四部叢刊》本（所用底本乃日本翻宋大字本）等。朝鮮、日本亦存有白集舊抄本、刊本，在此不多贅述。此次所選之《白氏文集》，乃國家圖書館藏宋刻七十一卷本，其中卷三十二至三十三配明影宋抄本，其他卷次間有抄配，《中華再造善本》所用之本亦爲此本。此本乃現存白集最早刻本，卷首有元稹《白氏長慶集序》，卷端則題『白氏文集卷某』。《愛日精廬藏書志》著録『白氏文集七十一卷，宋紹興刊本，玉蘭堂藏書』，並載：『案《讀書敏求記》云，宋刻白集，從婁東王奉常購得，後歸之滄葦。此本玉蘭堂、王煙客、季滄葦俱有印記，蓋文氏故物後歸王氏，轉入錢氏、季氏者。』辨識書中鈐印，有『玉蘭堂』『季振宜藏書』『徐健菴』『乾學』『汪士鐘藏』等，可證張氏所言。原書綫裝十册，此次影印分册編排仍依原書，最大限度地反映原書面貌。每册前附該册詳細目録，以便檢索、查閲。

黄　静

二〇一七年九月

總目録

第一册

第二册

第三册

第四册

第五册

第六册

第七册

第八册

第九册

第十册

第一册目録

卷一　諷諭一

卷二　諷諭二

卷三　諷諭三

卷四　諷諭四

卷五　閑適一

卷七 閑適三

據國家圖書館藏宋刻本（卷三十二至三十三配明影宋抄本）影印原書版框高二十二點一厘米寬十五點三厘米

白氏長慶集序

浙東觀察使元稹字微之述

白氏長慶集者太原人白居易之所作居易字樂天樂天始言試指之無二字能不誤（具樂天與予書）始既言讀書勤敏與他兒異五六歲識聲韻十五志詩賦二十七舉進士貞元末進士尚馳競不尚文就中六籍尤擯落禮部侍郎高郢始用經藝爲進退樂天一舉擢上第明年拔萃甲科由是性習相近遠求玄珠斬白蛇等賦及百道判新進士競相傳於京師矣會憲宗皇帝册召天下士樂天對詔稱旨又登甲科未幾入翰林掌制誥比比上書言得失因爲賀雨秦中吟等數十章指言天下事時人比之風騷焉予始與樂天同校祕書之名多以詩章相贈荅會予譴掾江陵樂天猶在翰林寄予百韻律詩及雜體前後數十章是後各佐江通復

相詶寄巴蜀江楚間洎長安中少年遞相倣効競作新□
謂爲元和詩而樂天秦中吟賀雨諷諭等篇時人罕□
然而二十年間禁省觀寺郵候牆壁之上無不書□
牛童馬走之口無不道至於繕寫模勒衒賣於市
以□□名者處處皆是（揚子□間多作書模勒樂天及其□賣於市肆之中也）
□求自售□亂□無□奈何予
□童□□間□□自
也
一
是
詔
一

白氏長慶集大凡人之文各有所長樂天之長可以爲多矣夫以諷諭之詩長於激閑適之詩長於遣感傷之詩長於切五字律詩百言而上長於贍五字七字百言而下長於情賦贊箴戒之類長於當碑記敘事制誥長於實啓奏表狀長於直書檄詞策剖判長於盡總而言之不亦多乎哉至於樂天之官族景行與予之交分淺深非敘文之要也故不書長慶四年冬十二月十日微之序

白氏長慶集

第一帙

第六十四　策林三　第六十五　策林四

第十帙

第六十六　甲乙判一　第六十七　甲乙判二

第六十八　碑誌序記表贊論衡書

第六十九　碑記序解祭文

第七十　銘誌序贊祭文記辭傳

第七十一　碑記銘吟偈

白氏文集卷第一　諷諭一　古調詩五言　凡六十五首

賀雨

皇帝嗣寳曆元和三年冬自冬及春暮不雨旱𤏩𤏩上心念下民懼歳成災凶遂下罪己詔殷勤告萬邦帝曰予一人繼天承祖宗憂勤不遑寧夙夜心忡忡元年誅劉闢一舉靖巴邛二年戮李錡不戰安江東顧惟眇眇德遽有巍巍功或者天

降沴無乃儆予躬上思荅天戒下思致時邕莫如率其身慈和與儉恭乃命罷進獻乃命賑饑窮宥死降五刑責己寬三農宮女出宣徽廄馬減飛龍庶政靡不舉皆出自宸衷奔騰道路人傴僂田野翁歡呼相告報感泣涕沾胷順人人心悅先天天意從詔下纔七日和氣生沖融凝爲悠悠雲散作習習風晝夜三日雨淒淒復濛濛萬心春熙熙百穀青芃芃人變愁爲喜歲易儉爲豐乃知王者心憂樂與衆同皇天與后土所感無不通冠珮何鏘鏘將相及王公蹈舞呼萬歲列賀明庭中小臣誠愚陋職忝金鑾宮稽首再三拜一言獻天聰君以明爲聖臣以直爲忠敢賀有其始亦願有其終

讀張籍古樂府

張君何爲者業文三十春尤工樂府詩舉代少其倫爲詩意如何六義互鋪陳風雅比興外未嘗著空文讀君學仙詩可諷

放佚君讀君董公詩可誨貪暴臣讀君商女詩可感悍婦仁
讀君勤齊詩可勸薄夫淳上可裨教化舒之濟萬民下可理
情性卷之善一身始從青衿歳迨此白髮新日夜秉筆吟心苦
力亦勤時無采詩官委弃如泥塵恐君百歳後滅沒人不聞
願藏中祕書百代不湮淪願播內樂府時得聞至尊言者志
之苗行者文之根所以讀君詩亦知君爲人如何欲五十官小身
賤貧病眼街西住無人行到門

孔戡

洛陽誰不死戡死聞長安我是知戡者聞之涕泫然戡佐山東
軍非義不可干拂衣向西來其道直如絃從事得如此人人以
爲難人言明明代合置在朝端或望居諫司有事戡必言或
望居憲府有邪戡必彈惜哉兩不諧沒齒爲閑官竟不得一日
謇謇立君前形骸隨衆人斂葬北邙山平生剛腸內直氣

歸其間賢者爲生民生死懸在天謂天不愛人胡爲生其賢爲天果愛民胡爲奪其年茫茫元化中誰執如此權

凶宅

長安多大宅列在街西東往往朱門內房廊相對空梟鳴松桂枝狐藏蘭菊叢蒼苔黃葉地日暮多旋風前主爲將相得罪竄巴庸後主爲公卿寢疾歿其中連延四五主殃禍繼相鍾自從十年來不利主人翁風雨壞簷隙蛇鼠穿牆墉人疑不敢買日毀土木功嗟嗟俗人心甚矣其愚蒙但恐災將至不思禍所從我今題此詩欲悟迷者胷凡爲大官人年祿多高崇權重持難久位高勢易窮驕者物之盈老者數之終四者如寇盜日夜來相攻假使居吉土孰能保其躬因小以明大借家可諭邦周秦宅崤函其宅非不同一興八百年一死望夷宮寄語家與國人凶非宅凶

夢仙

人有夢仙者，夢身外上清坐乘一白鶴，前引雙紅旌，羽衣忽飄飄，玉鸞俄錚錚，半空直下視，人世塵冥冥，漸失鄉國處，纔分山水形，東海一片白，列岳五點青，須臾羣仙來，相引朝玉京，安期羨門輩，列侍如公卿，仰謁玉皇帝，稽首前致誠，帝言汝仙才，努力勿自輕，却後十五年，期汝不死庭，再拜受斯言，既寤喜且驚，祕之不敢泄，誓志居巖扃，恩愛捨骨肉，飲食斷羶腥，朝飡雲母散，夜吸沆瀣精，空山三十載，日望輜軿迎，前期過已久，鸞鶴無來聲，齒髮日衰白，耳目減聰明，一朝同物化，身與糞壤并，神仙信有之，俗力非可營，苟無金骨相，不列丹臺名，徒傳辟穀法，虛受燒丹經，只自取勤苦，百年終不成，悲哉夢仙人，一夢誤一生

觀刈麥 時爲盩厔縣尉

田家少閑月五月人倍忙夜來南風起小麥覆隴黃婦姑荷簞
食童稚攜壺漿相隨餉田去丁壯在南崗足蒸暑土氣背
灼炎天光力盡不知熱但惜夏日長復有貧婦人抱子在其
傍右手秉遺穗左臂懸弊筐聽其相顧言聞者爲悲傷
家田輸稅盡拾此充飢腸今我何功德曾不事農桑吏祿
三百石歲晏有餘粮念此私自愧盡日不能忘

題海圖屏風　元和己丑年作

海水無風時波濤安悠悠鱗介無小大遂性各沉浮突兀海底
鼇首冠三神丘釣網不能制其來非一秋或者不量力謂茲
鼇可求贔屭牽不動綸絶沉其鉤一鼇既頓頷諸鼇齊
掉頭白濤與黑浪呼吸繞咽喉噴風激飛廉鼓波怒陽侯
鯨鯢得其便張口欲吞舟万里無活鱗百川多倒流遂使江
漢水朝宗意亦休蒼然屏風上此畫良有由

羸駿

驊騮失其主羸餓無人牧向風嘶一聲莽蒼黃河曲踏冰水
畔立臥雪塚間宿歲暮田野空寒草不滿腹豈無市駿者
盡是凡人目相馬失於瘦遂遺千里足村中何擾擾有吏
徵芻粟輸彼軍廄中化作駑駘肉

廢琴

絲桐合爲琴中有太古聲古聲淡無味不稱今人情玉徽光
彩滅朱絃塵土生廢弃來已久遺音尚泠泠不辭爲君彈
縱彈人不聽何物使之然羌笛與秦箏

李都尉古劍

古劍寒黯黯鑄來幾千秋白光納日月紫氣排斗牛有客
借一觀愛之不敢求湛然玉匣中秋水澄不流至寶有本性
精剛無與儔可使寸寸折不能繞指柔願快直士心將斷佞

臣頭不願報小怨夜半刺私讎勸君慎所用無作神兵羞

雲居寺孤桐

一株青玉立千葉綠雲委亭亭五丈餘高意猶未已山僧年九十清淨老不死自云手種時一顆青桐子直從萌芽拔高自毫末始四面無附枝中心有通理寄言立身者孤直當如此

京兆府新栽蓮 時為盩厔尉趁府作

污溝貯濁水水上葉田田我來一長歎知是東溪蓮下有清泥污馨香無復全上有紅塵撲顏色不得鮮物性猶如此人事亦宜然託根非其所不如遭棄捐昔在溪中日花葉媚清漣今來不得地顦顇府門前

月夜登閣避暑

旱久炎氣甚中去人若燔燒清風隱何處草樹不動搖何以避暑氣無如出塵囂行行都門外佛閣正岧嶢清涼近高生煩熱委靜銷開襟當軒坐意泰神飄飄迴看歸路傍禾黍

盡枯焦獨善誠有計將何救旱苗

初授拾遺

奉詔登左掖束帶參朝議何言初命卑且脫風塵吏杜甫陳子昂才名括天地當時非不遇尚無過斯位況予蹇薄者寵至不自意驚近白日光慙非青雲器天子方從諫朝庭無忌諱豈不思匪躬適遇時無事受命已旬月飽食隨班次諫紙忽盈箱對之終自愧

贈元稹

自我從官遊七年在長安所得唯元君乃知定交難豈無山上苗徑寸無歲寒豈無要津水咫尺有波瀾之子異於是久處誓不諼無波古井水有節秋竹竿一爲同心友三及芳歲蘭花下鞌馬遊雪中盃酒歡衡門相逢迎不具帶與冠春風日高睡秋月夜深看不爲同登科不爲同署官所合在方寸心源無異端

哭劉敦質

小樹兩株栢新土三尺墳蒼蒼白露草此地哭劉君哭君豈無辭辭云君子人如何天不弔窮悴至終身愚者多貴壽賢者獨賤迍龍亢彼無悔蠖屈此不伸哭罷持此辭吾將詰羲文

答友問

大圭廉不割利劍用不缺當其斬馬時良玉不如鐵置鐵在洪鑪鐵消易如雪良玉同其中三日燒不熱君疑才與德詠此知優劣

雜興三首

楚王多內寵傾國選嬪妃又愛從禽樂馳騁每相隨錦鞲辟花隼羅袂控金羈遂習宮中女皆如馬上兒色禽合爲荒刑政兩已衰雲夢春仍獵章華夜不歸東風二月天春鴈正離離美人挾銀鏑一發疊雙飛飛鴻驚斷行斂翅避蛾眉君王顧之笑弓箭生光輝迴眸語君曰昔聞莊王時有一愚夫人其

名曰樊姬不有此遊樂三載斷鮮肥

越國政初荒越天旱不已風日燥水田水涸塵飛起國中新下令官渠禁流水流水不入田壅入王宮裏餘波養魚鳥倒影浮樓雉澹灔九折池縈迴十餘里四月芰荷發越王日遊嬉左右好風來香動芙蓉蘂但愛芙蓉香又種芙蓉子不念閶門外千里稻苗死

吴玉心日侈服翫盡奇瓌身卧翠羽帳手持紅玉盃冠垂明月珠帶束通天犀行動自矜顧數步一徘徊小人知所好懷寶四方來姧邪得藉手從此倖門開古稱國之寶穀米與賢才今看君王眼視之如塵灰伍員諫已死浮屍去不迴姑蘇臺下草麋鹿暗生麑

宿紫閣山北村

晨遊紫閣峯暮宿山下村村老見予喜為予開一罇舉盃未

及飲暴卒來入門紫衣挾刃斧草草十餘人奪我席上酒掣我盤中飧主人退後立斂手反如賓中庭有奇樹種來三十春主人惜不得持斧斷其根口稱采造家身屬神策軍主人愼勿語中尉正承恩

讀漢書

禾黍與稂莠雨來同日滋桃李與荊棘霜降同夜萎草木旣區別榮枯那等夷茫茫天地意無乃太無私小人與君子用置各有宜柰何西漢末忠邪並信之不然盡信忠早絕邪臣窺不然盡信邪早使忠臣知優游兩不斷盛業日已衰痛矣蕭京輩終令陷禍機（蕭望之京房等）每讀元成紀憤憤令人悲寄言爲國者不得學天時寄言爲臣者可以鑒於斯

贈樊著作

陽城爲諫議以正事其君其手如屈軼舉必指佞臣卒使不仁者

不得秉國鈞 元稹爲御史以直立其身其心如肺石動必達窮民東川八十家寃憤一言伸劉闢肆亂心殺人正紛紛其嫂曰庾氏棄絕不爲親從使萌逆節隱心潛負恩其佐曰孔戡捨去不爲賔凡此士與女其道天下聞常恐國史上但記鳳與麟賢者不爲名名彰教乃敦每惜若人輩身死名亦淪君爲著作郎職廢志空存雖有良史才直筆無所申何不自著書實錄彼善人編爲一家言以備史闕文

蜀路石婦

道傍一石婦無記復無銘傳是此鄉女爲婦孝且貞十五嫁邑人十六夫征行夫行二十載婦獨守孤煢其夫有父母老病不安寧其婦執婦道一一如禮經晨昏問起居恭順發心誠藥餌自調節膳羞必甘馨夫行竟不歸婦德轉光明後人高其節刻石像婦形儼然整衣巾若立在閨庭似見舅姑禮如聞環

珮聲至今爲婦者見此孝心生不比山頭石空有望夫名

折劍頭

拾得折劍頭不知折之由一握青蛇尾數寸碧峯頭疑是斬鯨鯢不然刺蛟虬缺落泥土中委弃無人收我有鄙介性好剛不好柔勿輕直折劍猶勝曲全鈎

登樂遊園望

獨上樂遊園四望天日曛東北何靄靄宮闕入煙雲愛此高處立忽如遺垢氛耳目暫淸曠懷抱鬱不伸下視十二街緑樹間紅塵車馬徒滿眼不見心所親孔生死洛陽元九謫荆門可憐南北路高蓋者何人

酬元九對新栽竹有懷見寄 頃有贈元九詩云有節秋竹竿故元感之因重見寄

昔我十年前與君始相識曾將秋竹竿比君孤且直中心一以合外事紛無極共保秋竹心風霜侵不得始嫌梧桐樹秋至先改色不

愛楊柳枝春來軟無力憐君別我後見竹長相憶常欲在眼前故栽庭戶側分首今何處君南我在北吟我贈君詩對之心惻惻

感鶴

鶴有不羣者飛飛在野田飢不啄腐鼠渴不飲盜泉貞姿自耿介雜鳥何翩翩同遊不同志如此十餘年一興嗜慾念遂爲矰繳牽委質小池內爭食群雞前不惟懷稻粱兼亦覺腥羶不唯戀主人兼亦狎烏鳶物心不可知天性有時遷一飽尚如此況乘大夫軒

春雪

元和歲在卯六年春二月月晦寒食天天陰夜飛雪連宵復竟日浩浩殊未歇大似落鵝鷺毛密如飄玉屑寒銷春茫上聲蒼上聲氣變風凜冽上林草盡沒曲江冰復結紅乾杏花死綠凍楊枝折所憐物性傷非惜年芳絕上天有時令四序平分別寒燠苟反常物生皆夭閼我觀聖人意魯史有其說或記水不

冰或書霜不殺上將儆正教下以防災孽茲雪今如何信美非時節

高僕射

富貴人所愛聖人去其泰所以致仕年著在禮經內玄元亦有訓知止則不殆二踈獨能行遺跡東門外清風久銷歇迨此向千載斯人古亦稀何況今之世遑遑名利客白首千百輩唯有高僕射七十懸車蓋我年雖未老歲月亦云邁預恐耄及時貪榮不能退中心私自儆何以為我戒故作僕射詩書之於大帶

白牡丹 和錢學士作

城中看花客旦暮走營營素華人不顧亦占牡丹名閑在深寺中車馬無來聲唯有錢學士盡日遶叢行憐此皓然質無人自芳馨眾嫌我獨賞移植在中庭留景夜不暝迎光曙先明對之心亦靜虛白相向生唐昌玉蘂花攀翫眾所爭折來比顏色一種如瑤瓊彼因稀見貴此以多為輕始知無正色

愛惡隨人情豈惟花獨尔理與人事并君看入時者紫艷与紅英

贈内

生爲同室親死爲同穴塵他人尚相勉而況我与君黔婁固窮士妻賢忘其貧冀缺一農夫妻敬儼如賓陶潛不營生翟氏自爨薪梁鴻不肯仕孟光甘布裙君雖不讀書此事耳亦聞至此千載後傳是何如人生未死間不能忘其身所須者衣食不過飽与溫蔬食足充飢何必膏粱珍繒絮足禦寒何必錦繡文君家有貽訓清白遺子孫我亦貞苦士与君新結婚庶保貧與素偕老同欣欣

寄唐生

賈誼哭時事阮籍哭路歧唐生今亦哭異代同其悲唐生者何人五十寒且飢不悲口無食不悲身無衣所悲忠與義悲甚則哭之太尉擊賊日段太尉以笏擊朱泚尚書叱盜時顏尚書叱李希烈大夫死兇寇

陸大夫為乱兵所害諫議謫蠻夷陽諫議左遷道州每見如此事聲發涕輒隨
往往聞其風俗士猶或非怜君頭半白其志竟不衰我亦君之徒
鬱鬱何所為不能發聲哭轉作樂府詩篇篇無空文句句必
盡規功高虞人箴痛甚騷人辞非求宮律高不務文字奇惟
歌生民病願得天子知未得天子知甘受時人嗤藥良氣味苦
琴淡音聲稀不懼權豪怒亦任親朋譏人竟無奈何呼作狂
男兒每逢羣盜息或遇雲霧披但自高聲歌庶幾天聽卑
歌哭雖異名所感則同歸寄君三十章与君為哭詞

傷唐衢二首

自我心存道外物少能逼常排傷心事不為長歎息忽聞唐衢
死不覺動顏色悲端從東來觸我心惻惻伊昔未相知偶遊滑
臺側同宿李翺家一言如舊識酒酣出送我風雪黃河北日西
並馬頭語別至昏黑君歸向東鄭我來遊上國交心不交面從

此重相憶憐君儒家子不得詩書力五十著青衫試官無禄食遺文僅千首六義無差忒散在京索間何人爲收得

二

憶昨元和初忝備諫官位是時兵革後生民正憔悴但傷民病痛不識時忌諱遂作秦中吟一吟悲一事貴人皆怪怒閑人亦非訾言天高未及聞荆棘生滿地唯有唐衢見知我平生志一讀興歎嗟再吟垂涕泗因和三十韻手題遠緘寄致吾陳杜間賞愛非常意此人無復見此詩尤可貴今日開篋看蠹魚損文字不知何處葬欲問先歔欷終去哭墳前還君一掬淚陳杜謂子昂与甫也此詩尤可貴謂唐衢詩也

問友

種蘭不種艾蘭生艾亦生根荄相交長莖葉相附榮香莖與臭葉日夜俱長大鋤艾恐傷蘭溉蘭恐滋艾蘭亦未能溉艾

亦未能除沉吟意不決問君合何如

悲哉行

悲哉爲儒者力學不知疲讀書眼欲暗秉筆手生胝十上方一第成名常苦遲縱有官達者兩鬢已成絲可憐少壯日適在窮賤時丈夫老且病焉用富貴爲沉沉朱門宅中有乳臭兒狀貌如婦人光明膏粱肌手不把書卷身不擐戎衣二十襲封爵門承勳戚資春來日日出服御何輕肥朝從薄徒飲暮有倡樓期平封去還酒債堆金選蛾眉聲色狗馬外其餘一無知山苗與澗松地勢隨高卑古來無奈何非君獨傷悲

紫藤

藤花紫蒙茸藤葉青扶疏誰謂好顏色而爲害有餘下如蛇屈盤上若繩縈紆可憐中間樹束縛成枯株柔蔓不自勝嫋嫋挂空虛豈知纏樹木千夫力不如先柔後爲害有似

諛佞徒附著君權勢君迷不肯誅又如妖婦人綢繆盡其夫奇邪壞人室夫惑不能除寄言邦与家所慎在其初毫末不早辨滋蔓信難圖願以藤爲誡銘之於座隅

放鷹

十月鷹出籠草枯雉兔肥下韝隨指顧百擲無一遺鷹翅疾如風鷹爪利如錐本爲鳥所設今爲人所資孰能使之然有術甚易知取其向背性制在飢飽時不可使長飽不可使長飢飢則力不足飽則背人飛乘飢縱搏擊未飽須縶維所以爪翅功而人坐收之聖明馭英雄其術亦如斯鄙語不可棄吾聞諸獵師

慈烏夜啼

慈烏失其母啞啞吐哀音晝夜不飛去經年守故林夜夜夜半啼聞者爲沾襟聲中如告訴未盡反哺心百鳥豈無母尔獨哀怨深應是母慈重使尔悲不任昔有吳起者母歿喪不臨

嗟哉斯徒輩其心不如禽慈烏復慈烏鳥中之曾參

鷰詩示劉叟 叟有愛子背叟逃去叟甚悲念之叟少年時亦嘗如是故作鷰詩以諭之矣

梁上有雙鷰翩翩雄與雌銜泥兩椽間一巢生四兒四兒日夜長索食聲孜孜青蟲不易捕黃口無飽期觜爪雖欲弊心力不知疲須臾十來往猶恐巢中飢辛勤三十日母瘦雛漸肥喃喃教言語一一刷毛衣一旦羽翼成引上庭樹枝舉翅不迴顧隨風四散飛雌雄空中鳴聲盡呼不歸卻入空巢裏啁啾終夜悲鷰鷰爾勿悲爾當返自思思爾為雛日高飛背母時當時父母念今日爾應知

采地黃者

麥死春不雨禾損秋早霜歲晏無口食田中采地黃采之將何用持以易餱糧凌晨荷鍤去薄暮不盈筐攜來朱門家賣與白面郎與君啖肥馬可使照地光願易馬殘粟救此苦飢腸

初入太行路

天冷日不光太行峯蒼(上聲)莽嘗聞此中險今我方獨往馬蹄凍且滑羊腸不可上若比世路難猶自平於掌

鄧魴張徹落第

古琴無俗韻奏罷無人聽寒松無妖花枝下無人行春風十二街軒騎不暫停奔車看牡丹走馬聽秦箏衆目悅芳艷松獨守其貞衆耳喜鄭衛琴亦不改聲懷哉二夫子念此無自輕

送王處士

王門豈無酒侯門豈無肉主人貴且驕待客禮不足望塵而拜者朝夕走碌碌王生獨拂衣遐舉如雲鶴寧歸白雲外飲水卧空谷不能隨衆人斂手低眉目扣門与我别沽酒留君宿好去采薇人終南山正綠

村居苦寒

八年十二月五日雪紛紛竹柏皆凍死況彼無衣民迴觀村

閭閻十室八九貧北風利如劍布絮不蔽身唯燒蒿棘火愁坐夜
待晨乃知大寒歲農者尤苦辛顧我當此日草堂深掩門褐裘覆
絁被坐臥有餘溫幸免飢凍苦又無壠畝勤念彼深可愧自問是何人

納粟

有吏夜扣門高聲催納粟家人不待曉場上張燈燭揚簸
淨如珠一車三十斛猶憂納不中鞭責及僮僕昔余謬從事內
愧才不足連授四命官坐尸十年祿常聞古人語損益周必復
今日諒甘心還他太倉穀

薛中丞

百人無一直百直無一遇借問遇者誰正人行得路中丞薛存
誠守直心甚固皇明燭如日再使秉王度對豪與佞巧非不
憎且懼直道漸光明邪謀難蓋覆每因匪躬節知有匡時
具張為墜網綱倚作頹簷柱悠哉上天意報施紛迴互白

古已冥茫從今尤不諭豈与小人意昏然同好惡不然君
子人何反如朝露裴相昨已夭薛君今又去以我惜賢心五年
如旦暮況聞善人命長短繫運數今我一涕零豈爲中丞故

秋池二首

前池秋始半卉物多摧壞欲暮槿先萎未霜荷已敗默然
有所感可以從茲誡本不種松筠早凋何足怪

鑿池貯秋水中有蘋与芰天旱水暗銷塌然委空地有似汎汎
者附離權与貴一旦恩勢移相隨共憔悴

夏旱

太陰不離畢太歲仍在午旱日与炎風枯燋我田畝金石欲
銷鑠況茲禾與黍嗷嗷万族中唯農最辛苦憫然望歲者
出門何所覩但見棘与茨羅生徧場圃惡苗承沴氣欣然得
其所感此因問天可能長不雨

諭友

昨夜霜一降殺君庭中槐乾葉不待黃索索飛下來怜君感節物晨起步前階臨風踏葉立半日顏色低西望長安城歌鍾十二街何人不歡樂君獨心悠哉白日頭上走朱顏鏡中頹平生青雲心銷化成死灰我今贈一言勝飲酒千盃其言雖甚鄙可破悒悒懷朱門有勳賢陋巷有顏回窮通各問命不繫才不才推此自豁豁不必待安排

丘中有一士 命首句爲題二首

丘中有一士不知其姓名面色不憂苦血氣常和平每選隙地居不踏要路行舉動無尤悔物莫與之爭藜藿不充腸布褐不蔽形終歲守窮餓而無嗟歎聲豈是愛貧賤深知時俗情勿矜羅弋巧鸞鶴在冥冥

丘中有一士守道歲月深行披帶索衣坐拍無絃琴不飲濁

泉水不息曲木陰所逢苟非義糞土千黃金鄉人化其風薰如蘭在林智愚与強弱不忍相欺侵我欲訪其人將行復沉吟何必見其面但在學其心

新製布裘

桂布白似雪吴綿軟於雲布重綿且厚爲裘有餘溫朝擁坐至暮夜覆眠達晨誰知嚴冬月支體暖如春中夕忽有念撫裘起逡巡丈夫貴兼濟豈獨善一身安得万里裘蓋裹周四垠穩暖皆如我天下無寒人

杏園中棗樹

人言百果中唯棗凡且鄙皮皴似龜手葉小如鼠耳胡爲不自知生花此園裏豈宜遇攀翫幸免遭傷毀二月曲江頭雜英紅旖旎棗亦在其間如嫫對西子東風不擇木吹煦長未已眼看欲合抱得盡生生理寄言遊春客乞君一迴視君愛繞指柔從君憐柳杞君求悅目艷不敢爭桃李君若作大車輪軸材須此

蝦蟇　和張十六

嘉魚薦宗廟靈龜貢邦家應龍能致雨潤我百穀牙蠢蠢水族中無用者蝦蟇形穢肌肉腥出没于泥沙六月七月交時雨正霶霈蝦蟇得其志快樂無以加地既蓄其生使之族類多天又与其聲得以相諠譁豈唯玉池上汚君清泠波可獨瑶瑟前乱君鹿鳴歌常恐飛上天跳躍隨姮娥往往蝕明月遣君無柰何

寄隱者

賣藥向都城行憩青門樹道逢馳驛者色有非常懼親族走相送欲別不敢住私怪問道旁何人復何故云是右丞相當國握樞務禄厚食万錢恩深日三顧昨日延英對今日崖州去由來君臣間寵辱在朝暮青青東郊草中有歸山路歸去卧雲人謀身計非誤

放魚　自此後詩到江州作

曉日提竹籃家童買春蔬青青芹蕨下疊臥雙白魚無
聲但呀呀以氣相喣濡傾籃寫地上撥剌長尺餘豈唯刀机
憂坐見螻蟻圖脫泉雖已久得水猶可蘇放之小池中且用
救乾枯水小池窄狹動尾觸四隅一時幸苟活久遠將何如憐
其不得所移放於南湖南湖連西江好去勿踟躕施恩即望報
吾非斯人徒不須泥沙底辛苦見明珠

文栢牀

陵上有老栢柯葉寒蒼蒼朝為風煙樹暮為宴寢床以其
多奇文宜外君子堂刮削露節目拂拭生輝光玄斑狀貍首
素質如截肪雖充悅目翫終乏周身防華彩誠可愛生理苦
已傷方知自殘者為有好文章

潯陽三題 并序

廬山多桂樹湓浦多脩竹東林寺有白蓮華皆植物之貞勁秀

異者雖宮闈省寺中未必能盡有夫物以多爲賤故南方人不貴重之至有蒸爨其桂剪弃其竹白眼於蓮花者予惜其不生於北土也因賦三題以唁之

廬山桂

偃蹇月中桂結根依青天天風繞月起吹子下人間飄零委何處乃落匡廬山生爲石上桂葉如剪碧鮮枝幹日長大根荄日牢堅不歸天上月空老山中年廬山去咸陽道里三四千無人爲移植得入上林園不及紅花樹長栽温室前

湓浦竹

潯陽十月天天氣仍温燠有霜不殺草有風不落木玄冥氣力薄草木冬猶緑誰肯湓浦頭迴眼看脩竹其有顧眄者持刀斬且束剖劈青琅玕家家盖牆屋吾聞汾晉閒竹少重如玉胡爲取輕賤生此西江曲

東林寺白蓮

東林北塘水湛湛見底清中生白芙蓉菡萏三百莖白日發光彩清飈散芳馨洩香銀囊破瀉露玉盤傾我慙塵垢眼見此瓊瑤英乃知紅蓮華虛得清淨名夏萼敷未歇秋房結纔成夜深衆僧寢獨起繞池行欲收一顆子寄向長安城但恐出山去人間種不生

大水

潯陽郊郭間大水歲一至閭閻半漂蕩城堞多傾墜蒼茫生海色渺漫連空翠風卷白波翻日煎紅浪沸工商徹屋去牛馬登山避況當率稅時頗害農桑事獨有傭舟子鼓枻生意氣不知万人災自覓錐刀利吾無奈爾何爾非久得志九月霜降後水涸爲平地

白氏文集卷第一

白氏文集卷第二

諷諭二　古調詩五言　凡五十八首

續古詩十首

戚戚復戚戚送君遠行役行役非中原海外黄沙磧伶俜
獨居妾迢遞長征客君望功名歸妾憂生死隔誰家無夫
婦何人不離拆所恨薄命身嫁遅別日迫妾身有存歿妾心
無改易生作閨中婦死作山頭石
掩涙別鄉里飄飄將遠行茫茫緑野中春盡孤客情驅馬上
丘壠高低路不平風吹棠梨花啼鳥時一聲古墓何代人不知
姓与名化作路傍土年年春草生感彼忽自悟今我何營營
朝采山上薇暮采山上薇歲晏薇亦盡飢來何所為坐飮白石水
手把青松枝擊節獨長謌其聲清且悲櫪馬非不肥所苦長縶
維豢豕非不飽所憂竟為犧行行謌此曲以慰常苦飢

雨露長纖草山苗高入雲風雪折勁木澗松摧爲薪風摧此何意雨長彼何因百丈澗底死寸莖山上春可憐苦節士感此涕盈巾

窈窕雙鬟女容德俱如玉晝居不踰閾夜行常秉燭氣如含露蘭心如貫霜竹宜當備嬪御胡爲守幽獨無媒不得選年忽過三六歲暮望漢宮誰在黃金屋邯鄲進倡女能唱黃花曲一曲稱君心恩榮連九族

棲棲遠方士讀書三十年業成無知己徒步來入關長安多王侯英俊競攀援幸隨衆賓末得厠門館間東閤有言酒中堂有管絃何爲向隅客對此不開顏富貴無是非主人終日歡貧賤多悔尤客子中夜歎歸去復歸去故鄉貧亦安

涼風飄嘉樹日夜減芳華下有感秋婦攀條苦悲嗟我本幽閑女結髮事豪家豪家多婢僕門內頗驕奢良人近封

侯出入鳴玉珂自從富貴來恩薄讒言多家婦獨守禮羣
妾互奇衺但信言有玷不察心無瑕容光未銷歇歡愛忽
蹉跎何意掌上玉化爲眼中砂盈盈一尺水浩浩千丈河勿言小
大異隨分有風波閨房猶復尔邦國當如何
心亦無所迫身亦無所拘何爲膓中氣鬱鬱不得舒不舒良
有以同心久離居五年不見面三年不得書念此令人老抱膝
坐長吁豈無盈罇酒非君誰與娛
攬衣出門行遊觀遶林渠澹澹春水暖東風生緑蒲上有
和鳴鴈下有掉尾魚飛沉一何樂鱗羽各有徒而我方獨處
不与之子俱顧彼自傷已禽魚之不如出遊欲遣憂孰知憂
有餘
春旦日初出曈曈耀晨輝草木照未遠浮雲已蔽之天地顯
以晦當午如昏時雖有東南風力微不能吹中園何所有滿

地青青葵陽光委雲上傾心欲何依

秦中吟十首 并序

貞元元和之際予在長安聞見之間有足悲者因直歌其事命爲秦中吟

議婚

天下無正聲悅耳即爲娛人間無正色悅目即爲姝顏色非相遠貧富則有殊貧爲時所弃富爲時所趍紅樓富家女金縷繡羅襦見人不斂手嬌癡二八初母兄未開口已嫁不須臾綠窗貧家女寂寞二十餘荊釵不直錢衣上無真珠幾迴人欲聘臨日又踟躕主人會良媒置酒滿玉壺四座且勿飲聽我歌兩途富家女易嫁嫁早輕其夫貧家女難嫁嫁晚孝於姑聞君欲娶婦娶婦意何如

重賦

厚地植桑麻所要濟生民生民理布帛所求活一身身外充
征賦上以奉君親國家定兩税本意在憂人厥初防其淫明
勑內外臣税外加一物皆以枉法論奈何歲月久貪吏得因循浚
我以求寵斂索無冬春織絹未成疋繰絲未盈斤里胥迫
我納不許暫逡巡歲暮天地閉陰風生破村夜深烟火盡霰
雪白紛紛幼者形不蔽老者體無温悲喘與寒氣併入鼻中辛
昨日輸殘税因窺官庫門繒帛如山積絲絮似雲屯號爲羨
餘物隨月獻至尊奪我身上煖買爾眼前恩進入瓊林
庫歲久化爲塵

傷宅

誰家起甲第朱門大道邊豐屋中櫛比高牆外迴環累累
六七堂棟宇相連延一堂費百萬鬱鬱起青烟洞房温且清
寒暑不能干高堂虛且迥坐臥見南山繞廊紫藤架夾砌紅

藥欄攀枝摘櫻桃帶花移牡丹主人此中坐十載爲大官
厨有臭敗肉庫有貫朽錢誰能將我語問尒骨肉間豈無窮賤者
忍不救飢寒如何奉一身直欲保千年不見馬家宅今作奉誠園

傷友 又云傷苦節士

陋巷孤寒士出門苦恓恓雖云志氣在豈免顔色低平生同
門友通籍在金閨曩者膠漆契迩來雲雨睽正逢下朝歸
軒騎五門西是時天久陰三日雨凄凄蹇驢避路立肥馬當
風嘶迴頭忘相識占道上沙堤昔年洛陽社貧賤相提攜乃
今日長安道對面隔雲泥近日多如此非君獨慘悽死生
不變者唯聞任與黎 任公叔 黎逢

不致仕

七十而致仕禮法有明文何乃貪榮者斯言如不聞可怜八九十
齒墮雙眸昏朝露貪名利夕陽憂子孫挂冠顧翠緌懸

車惜朱輪金章腰不勝傴僂入君門誰不愛富貴誰不戀君恩年高須告老名遂合退身少時共嗤誚晚歲多因循賢哉漢二疏彼獨是何人寂寞東門路無人繼去塵

立碑

勳德既下衰文章亦陵夷但見山中石立作路旁碑銘勳悉太公叙德皆仲尼復以多爲貴千言直万貲爲文彼何人想見下筆時但欲愚者悅不思賢者嗤豈獨賢者嗤仍傳後代疑古石蒼苔字安知是愧詞我聞望江縣麴令撫惸嫠（麴令名信陵）在官有仁政名不聞京師身殁欲歸葬百姓遮路歧攀轅不得歸留葬此江湄至今道其名男女涕皆垂無人立碑碣唯有邑人知

輕肥

意氣驕滿路鞍馬光照塵借問何爲者人稱是内臣朱

紱皆大夫紫綬或將軍誇赴軍中宴走馬去如雲罇罍溢九醞水陸羅八珍果擘洞庭橘鱠切天池鱗食飽心自若酒酣氣益振是歲江南旱衢州人食人

五絃

清歌且罷唱紅袂亦停舞趙叟抱五絃宛轉當胷撫大聲粗音麤若散颯颯風和雨小聲細欲絕切切鬼神語又如鵲報喜轉作猨啼苦十指無定音顛倒宮徵羽坐客聞此聲形神若無主行客聞此聲駐足不能舉嗟嗟俗人耳好今不好古所以綠窻琴日日生塵土

歌舞

秦中歲云暮大雪滿皇州雪中退朝者朱紫盡公侯貴有風雲興富無飢寒憂所營唯第宅所務在追遊朱輪車馬客紅燭歌舞樓歡酣促密坐醉暖脫重裘秋官為主人廷尉

居上頭日中爲一樂夜半不能休豈知閿鄉獄中有凍死囚

買花

帝城春欲暮喧喧車馬度共道牡丹時相隨買花去貴賤無常價酬直看花數灼灼百朵紅戔戔五束素上張幄幕庇旁織巴籬護水洒復泥封移來色如故家家習爲俗人人迷不悟有一田舍翁偶來買花處低頭獨長歎此歎無人諭一叢深色花十戶中人賦

贈友 五首幷序

吾友有王佐之才者以致君濟人爲己任識者深許之因贈是詩以廣其志云

一年十二月每月有常令君出臣奉行謂之握金鏡由茲六氣順以遂万物性時令一反常生靈受其病周漢德下衰王風始不競又從斬晁錯諸侯益強盛百里不同禁四時自爲政盛夏興土功方春斵人命誰能救其失待君佐邦柄我

我象魏門懸法彝倫正
銀生楚山曲金生鄱溪濱南人弃農業求之多苦辛披砂復
鑿石矻矻無冬春手足盡皴胝愛利不愛身畬田旣慵斫稻
田亦懶耘相携作游手皆道求金銀畢竟金與銀何殊泥與
塵且非衣食物不濟飢寒人弃本以趍末日富而歲貧所以先聖王
弃藏不爲珎誰能反古風待君秉國鈞捐金復抵璧勿使勞生民
私家無錢鑪平地無銅山胡爲秋夏稅歲歲輸銅錢錢力日已
重農力日已殫賤糶粟与麦賤貿絲与綿歲暮衣食盡焉
得無飢寒吾聞國之初有制垂不刊傭必筭丁口租必計桑田
不求土所無不強人所難量入以爲出上足下亦安兵興一變法
兵息遂不還使我農桑人顦顇畎畝間誰能革此弊待君秉
利權復彼租傭法令如貞觀年
京師四方則王化之本根長吏久於政然後風教敦如何尹京

者遷次不遂巡請君屈指數十年十五人科條日相矯吏力亦以勤寬猛政不一民心安得淳九州雍爲首羣牧之所遵天下率如此何以安吾民誰能變此法待君贊弥綸慎擇循良吏令其長子孫

三十男有室二十女有歸近代多離亂婚姻多過期嫁娶既不早生育常苦遲兒女未成人父母已衰羸凡人貴達日多在長大時欲報親不待孝心無所施哀哉三牲養少得及庭闈惜哉万鍾粟多用飽妻兒誰能正婚禮待君張國維庶使孝子心皆無風樹悲

寓意詩五首

豫樟生深山七年而後知挺高二百尺本末皆十圍天子建明堂此材獨中規匠人執斤墨采度將有期孟冬草木枯烈火燎山陂疾風吹猛焰從根燒到枝養材三十年方成棟梁姿一

朝爲灰燼柯葉無孑遺地雖生尒材天不与尒時不如糞上英猶有人掇之已矣勿重陳重陳令人悲不悲焚燒苦但悲采用遅

赫赫京内史炎炎中書郎昨傳徵拜日恩賜頗殊常貂冠水蒼玉紫綬黃金章佩服身未暖已聞竄遐荒親戚不得别吞聲泣路旁賔客亦已散門前雀羅張富貴來不久倏如瓦溝霜權勢去尤速瞥若石火光不如守貧賤貧賤可久長傳語宦遊子且來歸故鄉

促織不成章提壺但聞聲嗟哉蟲與鳥無實有虚名與君定交日久要如弟兄何以示誠信白水指爲盟雲雨一爲别飛沉兩難并君爲得風鵬我爲失水鯨音信日已疎恩分日已輕窮通尚如此何況死與生乃知擇交難須有知人明莫將山下松結託水上萍

翩翩兩玄鳥本是同巢鷰分飛來幾時秋夏炎涼變一宿

蓬蓽廬一栖明光殿偶因銜泥處復得重相見彼矜杏梁
貴此嗟茅棟賤眼看秋社至兩處俱難戀所託各暫時
胡爲相歎羡

婆娑園中樹根株大合圍蠢蟲尔樹間蟲形質一何微孰謂
蟲至微蠹蟲無已期孰謂樹至大花葉有衰時花衰夏未
實葉病秋先萎樹心半爲土觀者安得知借問蟲何在在身不
在枝借問蟲何食食心不食皮豈無啄木鳥觜長將何爲

讀史 五首

楚懷放靈均國政亦荒淫彷徨未忍決遶澤行悲吟漢文疑
賈生謫置湘之陰是時刑方措此去難爲心士生一代間誰不有浮
沉良時真可惜亂世何足欽乃知汨羅恨未抵長沙深
禍患如棼絲其來無端緒馬遷下蠶室嵇康就囹圄抱寃志氣
屈忍恥形神沮當彼戮辱時奮飛無翅羽商山有黃綺潁川

有巢許何不從之遊超然離網罟山林少羈鞅世路多艱阻
寄謝伐檀人慎勿嗟窮處
漢日大將軍少爲乞食子秦時故列侯老作鋤瓜士春華
何暐曄園中發桃李秋風忽蕭條堂上生荆杞深谷變
爲岸桑田成海水勢去未須悲時來何足喜寄言榮枯者
反復殊未已
含沙射人影雖病人不知巧言（犯御名）人罪至死人不疑掇蜂殺愛
子掩鼻戮寵姬弘恭陷蕭望趙高謀李斯陰德旣必報陰
禍豈虛施人事雖可罔天道終難欺明則有刑辟幽則有
神祇苟免勿私喜鬼得而誅之
季子憔悴時婦見不下機買臣負薪日妻亦弃如遺一朝
黄金多佩印衣錦婦去妻不敢視婦嫂强依倚富貴家人重
貧賤妻子欺奈何貧富間可移親愛志遂使中人心汲汲求富

貴又令下人力各竟錐刀利隨分歸舍來一取妻孥意

和荅詩十首 并序

五年春微之從東臺來不數日又左轉爲江陵士曹掾詔下日會予下內直歸而微之已即路邂逅相遇於街衢中自永壽寺南抵新昌里北得馬上語別語不過相勉保方寸外形骸而已因不暇及他是夕足下次于山北寺僕職役不得去命季弟送行且奉新詩一軸致於執事凡二十章率有興比淫文艷韻無一字焉意者欲足下在途諷讀且以遣日時銷憂懣又有以張直氣而扶壯心也及足下到江陵寄在路所爲詩十七章凡五六千言言有爲章有旨迨于宮律體裁皆得作者風發緘開卷且喜且怪僕思牛僧孺戒不能示他人唯与杓直拒非及樊宗師輩三四人時一吟讀心甚貴重然竊思之豈僕所奉者二十章遽能開足下聰明使之然耶抑又不知

足下是行也天將屈足下之道激足下之心使感時發憤而繇於此耶若兩不然者何立意措辭與足下前時詩如此之相遠也僕既羨足下詩又憐足下心盡欲引狂簡而和之屬直宿拘牽居無暇日故不即時如意旬月來多乞病假假中稍閑且摘卷中尤者繼成十章亦不下三千言其間所見同者固不能自異異者亦不能強同同者謂之和異者謂之荅并別錄和夢遊春詩一章各附于本篇之末餘未和者亦續致之頃者在科試間常與足下同筆硯每下筆時輒相顧共患其意太切而理太周故理太周則辭繁意太切則言激然與足下為文所長在於此所病亦在於此足下來序果有詞犯文繁之說今僕所和者猶前病也待與足下相見日各引所作稍删其煩而晦其義焉餘具書白

和思歸樂

山中不栖鳥夜半聲嚶嚶似道思歸樂行人掩泣聽皆疑此山
路遷客多南征憂憤氣不散結化爲精靈我謂此山鳥本不
因人生人心自懷土想作思歸鳴孟常平居時娛耳琴泠泠雍
門一言感未奏淚沾纓魏武銅雀妓日與歡樂并一旦西陵
望欲歌先涕零峽猿亦無意隴水復何情爲入愁人耳皆爲
腸斷聲請看元侍御亦宿此郵亭因聽思歸鳥神氣獨安
寧問君何以然道勝心自平雖爲南遷客如在長安城云得此
道來何慮復何營窮達有前定憂喜無交爭所以事君日
持憲立天庭雖有迴天力撓之終不傾況始三十餘年少有
直名心中志氣大眼前爵祿輕君恩若雨露君威若雷霆退
不苟免難進不曲求榮在火辨玉性經霜識松貞展禽任
三黜靈均長獨醒獲戾自東洛貶官向南荆再拜辭闕下長
揖別公卿荆州又非遠驛路半月程漢水照天碧楚山插雲

青江陵橘似珠宜城酒如餳誰謂譴謫去未妨遊賞行人生百歲内天地暫寓形太倉一稊米大海一浮萍身委逍遥篇心付頭陀經尚達生死觀寧爲寵辱驚中懷苟有主外物安能縈任意思歸樂聲聲啼到明

和陽城驛

商山陽城驛中有歎者誰去是元監察江陵謫去時忽見此驛名良久涕欲垂何故陽道州名姓同於斯憐君一寸心寵辱誓不移疾惡若巷伯好賢如緇衣沉吟不能去意者欲改爲改爲避賢驛大署於門楣荆人愛羊祜戶曹改爲辟一字不忍道況兼姓呼之因題八百言言直文甚奇詩成寄與我鏘若金和絲上言陽公行友悌無等夷骨肉同衾裯至死不相離次言陽公迹夏邑始棲遲鄉人化其風少長皆孝慈次言陽公道終日對酒巵兄弟笑相顧醉貌紅怡怡次言陽公節

謇謇居諫司誓心除國蠹决死犯天威終言陽公命左遷天一涯道州炎瘴地身不得生歸一皆實録事事無孑遺凡是爲善者聞之惻然悲道州既巳矣往者不可追何世無其人來者亦可思願以君子文告彼大樂師附於雅歌末奏之白玉墀天子聞此章教化如法施直諫從如流佞臣惡如疵宰相聞此章政柄端正持進賢不知倦去邪勿復疑憲臣聞此章不敢懷依違諫官聞此章不忍縱詭隨然後告史氏舊史有前規若作陽公傳欲令後世知不勞敘世家不用費文辭但於國史上全録元稹詩

荅桐花

山木多蓊鬱茲桐獨亭亭葉重碧雲片花簇紫霞英是時三月天春暖山雨晴夜色向月淺暗香隨風輕行者多商賈居者悲黎氓無人解賞愛有客獨屏營手攀花枝立足蹋花影行生怜不得所死欲揚其声截爲天子琴刻作古

人形云待我成器薦之於穆清誠是君子心恐非草木情胡爲愛其華而反傷其生老龜被刳腸不如無神靈雄雞自斷尾不願爲犧牲況此好顏色花紫葉青青宜遂天地性忍加刀斧刑我思五丁力拔入九重城當君正殿栽花葉生光晶上對月中桂下覆階前蓂況拂香爐烟隱映斧藻屛爲君布綠陰當暑蔭軒楹沉沉綠滿地桃李不敢爭爲君發清韻風來如叩瓊泠泠聲滿耳鄭衛不足聽受君封植力不獨吐芬馨助君行春令開花應清明受君雨露恩不獨含芳榮戒君無戲言翦葉封弟兄受君歲月功不獨資生成爲君長高枝鳳凰上頭鳴一鳴君万歲壽如山不傾再鳴万人泰泰階爲之平如何有此用幽滯在巖堈歲月不尔駐孤芳坐凋零請向桐枝上爲余題姓名待余有勢力移尔獻丹庭

和大觜烏

烏者種有二名同性不同觜小者慈孝觜大者貪庸觜大命又長生來十餘冬物老顏色變頭毛白茸茸飛來庭樹上初但驚兒童老巫生姦計與烏意潛通云此非凡鳥遥見起敬恭千歲乃一出喜賀主人翁祥瑞來白日神聖占知風陰作北斗使能爲人吉凶此鳥所止家家產日夜豐上以致壽考下可宜田農主人富家子身老心童蒙隨巫拜復祝婦姑亦相從殺雞薦其肉敬若禋六宗烏喜張大觜飛接在虛空烏既飽羶腥巫亦饗甘濃烏巫互相利不復兩西東日日營巢窟稍稍近房櫳雖生八九子誰辨其雌雄羣鵶又成長衆觜騁殘兇探巢吞鸞鳳卵入簇啄蚕蟲豈無乘秋隼羈絆委高墉但食烏殘肉無施搏擊功亦有能言鸚翅碧觜距紅暫曾說烏罪囚閉在深籠青青窗前柳鬱鬱井上桐貪烏占棲息慈烏獨不容慈烏尔奚爲來往何憧憧

曉去先晨鼓暮歸後昏鍾辛苦塵土間飛啄禾黍叢
得食將哺母飢腸不自充主人憎慈烏命子削彈弓絃續
會稽竹丸鑄荊山銅慈烏求母食飛下尔庭中數粒未入
口一丸巳中胷仰天號一聲似欲訴蒼穹反哺日未足非是
惜微躬誰能持此冤一爲問化工胡然大觜烏竟得天年終

荅四皓廟

天下有道見無道卷懷之此乃聖人語吾聞諸仲尼矯矯四
先生同稟希世資隨時有顯晦秉道無磷緇秦皇肆暴
虐二世（犯御嫌名）乱離先生相隨去商嶺采紫芝君看秦獄中戮
辱者李斯劉項爭天下謀臣竟悦隨先生如鸞鶴去入冥
冥飛君看齊鼎中燋爛者酈其子房得沛公自謂相遇遲
八難掉舌樞三略役心機辛苦十數年晝夜形神疲竟新[illegible]
者道徒稱帝者師子房尔則能此非吾所宜漢高之季年

嬖寵鍾所私家嫡欲廢奪骨肉相憂疑豈無子房吕舌無所施亦有陳平心心計將何爲皤皤四先生高冠危暎眉從容下南山顧眄入東闈前瞻惠太子左右生羽儀卻顧戚夫人楚舞無光輝心不盡一計口不吐一詞暗定天下本遂安劉氏危子房吾則能此非尔所知先生道既光太子禮甚卑安車留不住功成弃如遺如彼旱天雲一雨百穀滋澤則在天下雲復歸希夷勿高巢与由勿尚吕与伊巢由往不返伊吕去不歸豈如四先生出處兩逶迤何必長隱逸何必長濟時由来聖人道無朕不可窺規卷之不盈握舒之亘八陲先生道甚明夫子猶或非願子辨其惑爲子吟此詩

和雉媒

吟君雉媒什一哂復一歎知之一何晚今日乃成篇豈唯鳥有之抑亦人復然張陳刎頸交竟以勢不完至今不平氣塞絶

泜水源趙襄骨肉親亦以利相殘至令不善名高於磨笄山況此籠中雉志在飲啄間稻粱暫入口性已隨人遷身皆亦自忘同族何足言但恨爲媒拙不足以自全勸君今日後養鳥養青鸞青鸞一失侶至死守孤單勸君今日後結客結任安主人賓客去獨住在門闌

和松樹

亭亭山上松一一生朝陽森聳上參天柯條百尺長漠漠塵中槐兩兩夾康莊婆娑低覆地枝幹亦尋常八月白露降槐葉次第黃歲暮滿山雪松色鬱青蒼彼如君子心秉操貫冰霜此如小人面變態隨炎涼共知松勝槐誠欲栽道傍糞土種瑤草瑤草終不芳尚可以斧斤伐之爲棟梁殺身獲其所爲君(犯御名)明堂不然終天年老死在南崗不願亞枝葉低隨槐樹行

荅箭鏃

矢人職司憂爲箭恐不精精在利其鏃錯磨鋒鏑成插以青竹幹羽之赤鳫翎勿言分寸鐵爲用乃長兵閒有狗盜者晝伏夜潛行摩弓拭箭鏃夜射不待明一盜既流血百犬同吠聲狺狺嗥不已主人爲之驚盜心憎主人主人不知情反責鏃太利矢人獲罪名寄言控弦者願君少留聽何不向西射西天有狼星何不向東射東海有長鯨不然學仁貴三矢平虜庭不然學仲連一發下燕城胡爲射小盜此用無乃輕徒沾一點血虛汚箭頭腥

和古社

廢村多年樹生在古社隈爲作妖狐窟心空身未摧妖狐變美女社樹成樓臺黃昏行人過見者心徘徊飢鵰竟不捉老犬反爲媒歲媚少年客十去九不迴昨夜雲雨合烈風驅迅雷風拔樹根出霹靂社壇開飛電化爲火妖狐燒作灰天明至其所清曠無氛埃舊地葺村落新田闢荒萊始知天降火不必常

爲災勿謂神默默勿謂天恢恢勿喜犬不捕勿誇鵰不猜寄
言狐媚者天火有時來

和分水嶺

高嶺峻稜稜細泉流亹亹勢分合不得東西隨所委悠悠草
蔓底濺濺石罅裏分流來幾年晝夜兩如此朝宗遠不及去
海三千里浸潤小無功山苗長旱死縈紆用無所奔迫流不已唯
作嗚咽聲夜入行人耳有源殊不竭無坎終難至同出而異流君
看何所似有似骨肉親派別從兹始又似勢利交波瀾相背起
所以贈君詩將君何所比不比山上泉比君井中水

有木詩八首 并序

余讀漢書列傳見佞順婞㥍圖身忘國如張禹輩者見惑上
蠱下交亂君親如江充輩者見暴佷跋扈壅塞君樹黨如梁冀
輩者見色仁行違先德後賊如王莽輩者又見外狀恢弘中無

實用者又見附離權勢隨之覆亡者其初皆有動人之才足以惑衆媚主莫不合於始而敗於終也因引風人騷人之興賦有木八章不獨諷前人欲儆後代尓

有木名弱柳結根近清池風烟借顔色雨露助華滋峩峩白雪花嫋嫋青絲枝漸密陰自庇轉高梢四垂截枝扶爲杖軟弱不自持折條用樊圃柔脆非其宜爲樹信可玩論材何所施可惜金堤地栽之徒尓爲

有木名櫻桃得地早滋茂葉密獨承日花繁偏受露迎風暗摇動引鳥潛來去鳥啄子難成風來枝莫住低軟易攀玩佳人屢廻顧色求桃李饒心向松筠妬好是映牆花本非當軒樹所以姓蕭人曾爲伐櫻賦

有木秋不凋青青在江北謂爲洞庭橘美人自移植上受顧眄恩下勤澆溉力實成乃是枳臭苦不堪食物有似是者真僞

何由識美人默無言對之長歎息中含害物意外矯凌霜色
仍向枝葉間潛生刺如棘
有木名杜梨陰森覆丘壑心蠹已空朽根深尚盤薄狐媚言
語巧妖鳥聲音惡憑此爲巢穴往來互棲託四傍五六本葉
枝相交錯借問因何生秋風吹子落爲長杜壇下無人敢芟斫
幾度野火來風迴燒不著
有木香苒苒山頭生一蕟主人不知名移種近軒闥愛其有芳
味因以調麴糵前後曾飲者十人無一活豈徒悔封植兼亦誤
采掇試問識藥人始知名野葛年深已滋蔓刀斧不可伐何
時猛風來爲我連根拔
有木名水檉遠望青童童根株非勁挺柯葉多蒙籠彩翠
色如柏鱗皴皮似松爲同松柏類得列嘉樹中枝弱不勝雪勢
高常懼風雪壓低還舉風吹西復東柔芳甚楊柳早落先

梧桐唯有一堪賞中心無蠹蟲

有木名凌霄擢秀非孤標偶依一株樹遂抽百尺條託根附樹身開花寄樹梢自謂得其勢無因有動摇一旦樹摧倒獨立暫飄颻疾風從東起吹折不終朝朝爲拂雲花暮爲委地樵蘇寄言立身者勿學柔弱苗

有木名丹桂四時香馥馥花團夜雪明葉剪春雲緑風影清似水霜枝冷如玉獨占小山幽不容凡鳥宿匠人愛芳直裁截爲廈屋榦細力未成用之君自速重任雖大過直心終不曲縱非梁棟材猶勝尋常木

歎魯二首

季（淵聖御名）心豈忠其富過周公陽貨道豈正其權執國命由來富与權不繫才与賢所託得其地雖愚亦獲安彘肥因糞壤鼠穩依社壇蟲獸尚如是豈謂無因緣

展禽胡爲者直道遭三黜顔子何如人屢空聊過日皆懷
王佐道不踐陪臣秩自古無柰何命爲時所屈有如草木分
天各与其一荔枝非名花牡丹無甘實

反鮑明遠白頭吟

炎炎者烈火營營者小蠅火不熱貞玉蠅不點清氷此苟無所
受彼莫能相仍乃知物性中各有能不能古稱怨報死則人有
所懲懲淫或應可在道未爲弘譬如蜩鷃徒啾啅龍鵬宜
當委之去寥廓高飛騰豈能泥塵下區區酬怨憎胡爲坐
自苦呑悲仍撫膺

青塚

上有飢鴈號下有枯蓬走茫茫邊雪裏一掬沙培塿傳是昭君
墓埋閉蛾眉久凝脂化爲泥鉛黛復何有唯有陰怨氣時生墳
左右欝欝如苦霧不隨骨銷朽婦人無他才榮枯繫妍否

何乃明妃命獨懸畫工手丹青一詿誤白黑相紛糺遂使君
眼中西施作嫫母同儕傾寵幸異類爲配偶禍福安可知
美顏不如醜何言一時事可戒千年後特報後來姝不須倚
眉首無辞插荊釵嫁作貧家婦不見青塚上行人爲澆酒

雜感

君子防悔尤賢人戒行藏嫌疑遠瓜李言動慎毫芒立教圖如
此撫事有非常爲君持所感仰面問蒼蒼犬嚙桃樹根李
樹反見傷老龜烹不爛延禍及枯桑城門自焚爇池魚罹其
殃陽貨肆兇暴仲尼畏於匡魯酒薄如水邯鄲開戰場伯
禽鞭見血過失由成王都尉身降虜宮刑加子長呂安兄不
道都市殺嵇康斯人死已久其事甚昭彰是非不由己禍患安
可防使我千載後涕泗滿衣裳

白氏文集卷第二

白氏文集卷第三

諷諭三 凡二十首

新樂府 并序

序曰凡九千二百五十二言斷爲五十篇篇無定句句無定字繫於意不繫於文首句標其目卒章顯其志詩三百之義也其辭質而徑欲見之者易諭也其言直而切欲聞之者深誡也其事覈而實使采之者傳信也其體順而肆可以播於樂章歌曲也惣而言之爲君爲臣爲民爲物爲事而作不爲文而作也

元和四年爲左拾遺時作

七德舞美撥亂陳王業也

法曲美列聖正華聲也

二王後明祖宗之意也

海漫漫戒求仙也

立部伎刺雅樂之替也

華原磬刺樂工非其人也

上陽白髮人愍怨曠也

胡旋女戒近習也

新豐折臂翁戒邊功也

太行路借夫婦以諷君臣之不終也

司天臺引古以儆今也

捕蝗刺長吏也

昆明春水滿思王澤之廣被也

城鹽州美聖謨而誚邊將也

道州民美臣遇明主也

馴犀感爲政之難終也

五絃彈惡鄭之奪雅也
蠻子朝刺將驕而相備位也
驃國樂欲王化之先邇後遠也
縛戎人達窮民之情也
驪宮高美天子重惜人之財力也
百鍊鏡辨皇王鑒也
青石激忠烈也
兩朱閣刺佛寺寖多也
西涼伎刺封疆之臣也
八駿圖戒奇物懲佚遊也
澗底松念寒雋也
牡丹芳美天子憂農也
紅線毯憂蠶桑之費也

杜陵叟傷農夫之困也

繚綾念女工之勞也

賣炭翁苦宮市也

母別子刺新閒舊也

陰山道疾貪虜也

時世粧警戒也

李夫人鑒嬖惑也

陵園妾憐幽閉也

鹽商婦惡幸人也

杏爲梁刺居處奢也

井底引銀瓶止淫奔也

官牛諷執政也

紫毫筆譏失職也

隋堤柳憫亡國也
草茫茫懲厚葬也
古塚狐戒艷色也
黑潭龍疾貪吏也
天可度惡詐人也
秦吉了哀寃民也
鵶九劒思决壅也
採詩官鑒前王亂亡之由也

七德舞 武德中天子始作秦王破陣樂以歌太宗之功業貞觀初太宗重制破陣樂舞圖詔魏徵虞世南等為之歌詞因名七德舞自龍朔巳後詔郊廟享宴皆先奏之

七德舞七德歌傳自武德至元和元和小臣白居易觀舞聽歌知樂意樂終稽首陳其事太宗十八舉義兵白旄黃鉞定兩京擒充戮竇四海清二十有四功業成二十有九即帝

位三十有五致太平功成理定何神速速在推心置人腹亡卒遺骸散帛收 貞觀初詔天下陣死骸骨致祭瘞埋之尋又散帛以求之也 飢人賣子分金贖 貞觀二年大飢人有鬻男女者詔出御府金帛盡贖之還其父母 魏徵夢見天子泣 魏徵疾亟太宗夢與徵別既寤流涕是夕徵卒故御親製碑云昔殷宗得良弼於夢中今朕失賢臣於覺後 張謹哀聞辰日哭 張公謹卒太宗爲之舉哀有司奏曰在辰陰陽所忌不可哭上曰君臣義重父子之情也情發於中安知辰日遂哭之 怨女三千放出宮 太宗嘗謂侍臣曰婦人幽閉深宮情實可愍今將出之任求伉儷於是令左丞戴胄給事中杜正倫於掖庭宮西門揀出數千人盡放歸 死囚四百來歸獄 貞觀六年親錄囚徒死罪者三百九十放令歸家令明年秋來就刑應期畢至詔悉原之 剪鬚燒藥賜功臣李勣嗚咽思殺身 李勣嘗疾醫云得龍鬚灰方可療之太宗自剪鬚燒灰賜之服訖而愈勣叩頭泣涕而謝 含血吮瘡撫戰士思摩奮呼乞効死 李勣嘗中弩太宗親爲吮血 則知不獨善戰善乘時以心感人人心歸尔來一百九十載天下至今歌舞之歌七德舞七德聖人有作垂無極豈徒耀神武豈徒誇聖文太宗意在陳王業王業艱難示子孫

法曲歌

法曲法曲歌大定積德重熙有餘慶永徽之人舞而詠永徽之思有貞觀之遺風故高宗製一戎大定樂曲也法曲法曲舞霓裳政和世理音洋洋開元之人樂且康霓裳羽衣曲起於開元盛於天寶也法曲法曲歌堂堂堂堂之慶垂無疆中宗肅宗復鴻業唐祚中興万万葉永隆元年太常丞李嗣眞善審音律能知興衰云近者樂府有堂堂之曲再言之者唐祚再興之兆法曲法曲合夷歌夷聲邪亂華聲和以亂干和天寶末明年胡塵犯宮闕法曲雖似失雅音蓋諸夏之聲也故歷朝行焉玄宗雖雅好度曲然未嘗使蕃漢雜奏天寶十三載始詔道調法曲与胡部新聲合作識者深異之明年冬而安祿山反也乃知法曲本華風苟能審音与政通一從胡曲相參錯不辨興衰与哀樂願求牙曠正華音不令夷夏相交侵

二王後

二王後彼何人介公酅公爲國賓周武隋文之子孫古人有言天下者非是一人之天下周亡天下傳于隋隋人失之唐得之唐興十葉歲二百介公酅公世爲客明堂太廟朝享時引居賓位

備威儀備威儀助郊祭高祖太宗之遺制不獨興滅國不獨繼絶世欲令嗣位守文君亡國子孫取爲戒

海漫漫

海漫漫直下無底旁無邊雲濤煙浪最深處人傳中有三神山山上多生不死藥服之羽化爲天仙秦皇漢武信此語方士年年采藥去蓬萊今古但聞名烟水茫茫無覓處海漫漫風浩浩眼穿不見蓬萊島不見蓬萊不敢歸童男丱女舟中老徐福文成多誑誕上元太一虛祈禱君看驪山頂上茂陵頭畢竟悲風吹蔓草何況玄元聖祖五千言不言藥不言仙不言白日昇青天

立部伎 太常選坐部伎無性識者退入立部伎又選立部伎絶無性識者退入雅樂部則雅聲可知矣

立部伎鼓笛諠舞雙劒跳七丸嫋巨索掉長竿太常部伎有等級堂上者坐堂下立堂上坐部笙歌淸堂下立部鼓笛鳴

笙歌一聲衆側耳鼓笛万曲無人聽立部賤坐部貴坐部退
爲立部伎擊鼓吹笙和雜戲立部又退何所任始就樂懸
操雅音雅音替壞一至此長令尓輩調宮徵圓丘后土郊
祀時言將此樂感神祇欲望鳳來百獸舞何異北轅將適
楚工師愚賤安足云太常三卿尓何人

華原磬 天寶中始廢泗濱磬用華原石代之詢諸磬人則曰故老云泗濱磬下調之不能和得華原石考之乃和由是不改

華原磬華原磬古人不聽今人聽泗濱石泗濱石今人不擊古
人擊今人古人何不同用之捨之由樂工樂工雖在耳如壁不分
清濁即爲聾梨園弟子調律呂知有新聲不如古古稱浮
磬出泗濱立辯致死聲感人宮懸一聽華原石君心遂忘封
疆臣果然胡寇從燕起武臣少肯封疆死始知樂与時政
通豈聽鏗鏘而已矣磬襄入海去不歸長安市人爲樂師華
原磬与泗濱石清濁兩聲誰得知

上陽白髮人 天寶五載已後楊貴妃專寵後宮人無復進幸矣六宮有美色者輒置別所上陽是其一也貞元中尚存焉

上陽人紅顏暗老白髮新綠衣監使守宮門一閉上陽多少春玄宗末歲初選入入時十六今六十同時采擇百餘人零落年深殘此身憶昔吞悲別親族扶入車中不教哭皆云入內便承恩臉似芙蓉胸似玉未容君王得見面已被楊妃遙側目妬令潛配上陽宮一生遂向空房宿秋夜長夜長無寐天不明耿耿殘燈背壁影蕭蕭暗雨打窗聲春日遲日遲獨坐天難暮宮鶯百囀愁厭聞梁燕雙栖老休妬鶯歸燕去長悄然春往秋來不記年唯向深宮望明月東西四五百迴圓今日宮中年最老大家遙賜尚書號小頭鞋履窄衣裳青黛點眉眉細長外人不見見應笑天寶末年時世粧上陽人苦最多少亦苦老亦苦少苦老苦兩如何君不見昔時呂向美人賦天寶末有密采艶色者當時號花鳥使呂向獻美人賦以諷之又不見今日上陽白髮歌

胡旋女 天寶末康居國獻之

胡旋女胡旋女心應絃手應鼓絃鼓一聲雙袖舉迴雪飄颻轉蓬舞左旋右轉不知疲千匝万周無巳時人間物類無可比奔車輪緩旋風遲曲終再拜謝天子天子爲之微啓齒胡旋女出康居徒勞東來万里餘中原自有胡旋者鬪妙爭能尒不如天寶季年時欲變臣妾人人學圓轉中有太眞外祿山二人冣道能胡旋梨花園中冊作妃金雞障下養爲兒祿山胡旋迷君眼兵過黃河疑未反貴妃胡旋惑君心死弃馬嵬念更深從玆地軸天維轉五十年來制不禁胡旋女莫空舞數唱此歌悟明主

新豐折臂翁

新豐老翁八十八頭鬢眉鬚皆似雪玄孫扶向店前行左臂憑肩右臂折問翁臂折來幾年兼問致折何因緣翁云貫屬

新豐縣生逢聖代無征戰慣聽梨園歌管聲不識旗槍與弓箭無何天寶大徵兵戶有三丁點一丁點得驅將何處去五月万里雲南行聞道雲南有瀘水椒花落時瘴烟起大軍徒涉水如湯未過十人二三死村南村北哭聲哀兒別爺孃夫別妻皆云前後征蠻者千万人行無一迴是時翁年二十四兵部牒中有名字夜深不敢使人知偷將大石鎚折辟張弓簸旗俱不堪從茲始免征雲南骨碎筋傷非不苦且圖揀退歸鄉土辟折來來六十年一肢雖廢一身全至今風雨陰寒夜直到天明痛不眠痛不眠終不悔且喜老身今獨在不然當時瀘水頭身死魂飛骨不收應作雲南望鄉鬼万人塚上哭呦呦雲南有万人冢即鮮于仲通李宓曾覆軍之所也老人言君聽取君不聞開元宰相宋開府不賞邊功防黷武開元初突厥數寇邊時天武軍子將郝雲岑出使因引特勒迴鶻部落斬突厥默啜獻首于闕下自謂有不世之功時宋璟爲相以天子年少好武恐徼功者生心痛抑其黨逾年始授郎將雲岑遂慟哭嘔血而死也又不聞天寶宰

相楊國忠欲求恩幸立邊功邊功未立生人怨請問新豐折臂翁天寶末楊國忠爲相重結閣羅鳳之役募人討之前後發二十餘万衆去無返者又捉人連枷赴役天下怨哭人不聊生故祿山得乘人心而盜天下元和初而折臂翁猶存因備歌之

太行路

太行之路能摧車若比人心是坦途巫峽之水能覆舟若比人心是安流人心好惡苦不常好生毛羽惡生瘡与君結髮未五載豈期牛女爲參商古稱色衰相棄背當時美人猶怨悔何況如今鸞鏡中妾顏未改君心改爲君薰衣裳君聞蘭麝不馨香爲君盛容飾君看金翠無顏色行路難難重陳人生莫作婦人身百年苦樂由他人行路難難於山險於水不獨人間夫與妻近代君臣亦如此君不見左納言右納史朝承恩暮賜死行路難不在水不在山只在人情反覆間

司天臺

司天臺仰觀俯察天人際羲和死來職事廢官不求賢空取藝昔聞西漢元成間上陵下替謫見天北辰微暗少光色四星煌煌如火赤耀芒動角射三台上台半滅中台坼是時非無太史官眼見心知不敢言明朝趍入明光殿唯奏慶雲壽星見天文時變兩如斯九重天子不得知不得知安用臺高百尺爲

捕蝗

捕蝗捕蝗誰家子天熱日長饑欲死興元兵久傷陰陽和氣蠱慝化爲蝗始自兩河及三輔荐食如蠶飛似雨雨飛蠶食千里間不見青苗空赤土河南長吏言憂農課人晝夜捕蝗蟲是時粟斗錢三百蝗蟲之價與粟同捕蝗捕蝗竟何利徒使饑人重勞費一蟲雖死百蟲來豈將人力竟天災我聞古之良吏有善政以政驅蝗蝗出境又聞貞觀之初道欲昌文皇仰天吞一蝗一人有慶兆民賴是歲雖蝗不爲害（貞觀二年太宗吞蝗蟲事具貞觀實錄）

昆明春水滿 貞元中始漲之

昆明春昆明春春池岸古春流新影浸南山青滉瀁波沉西日紅奫淪往年因旱靈池竭龜尾曳塗魚喣沫詔開八水注恩波千介万鱗同日活今來淨淥水照天游魚鱍鱍蓮田田洲香杜若抽心短沙暖鴛鴦鋪翅眠動植飛沉皆遂性皇澤如春無不被漁者仍豐網罟資貧人又獲菰蒲利詔以昆明近帝城官家不得収其征菰蒲無租魚無稅近水之人感君惠感君惠獨何人吾聞率土皆王民遠民何疎近何親願推此惠及天下無遠無近同欣欣吴興山中罷榷茗鄱陽坑裏休封銀天涯地角無禁利熙熙同似昆明春

城鹽州 貞元壬申歲特詔城之

城鹽州城鹽州城在五原原上頭蕃東節度鉢闡布忽見新城當要路金烏飛傳贊普聞建牙傳箭集羣臣君臣赭面

有憂色皆言勿謂唐無人自築鹽州十餘載左衽氈裘不犯塞晝牧牛羊夜捉生長去新城百里外諸邊急警勞戍人唯此一道無煙塵靈夏潛安誰復辨秦原暗通何處見鄜州驛路好馬來長安藥肆黃耆賤城鹽州鹽州未城天子憂德宗按圖自定計非關將略与廟謀吾聞高宗中宗世北虜猖狂最難制韓公創築受降城三城鼎峙屯漢兵東西亘絕數千里耳冷不聞胡馬聲如今邊將非無策心笑韓公築城壁相看養寇爲身謀各握強兵固恩澤願分今日邊將恩褒贈韓公封子孫誰能將此鹽州曲翻作歌詞聞至尊

道州民

道州民多侏儒長者不過三尺餘市作矮奴年進送号爲道州任土貢任土貢寧若斯不聞使人生別離老翁哭孫母哭兒一自陽城來守郡不進矮奴頻詔問城云臣按六典書任土貢有不貢

無道州水土所生者只有矮民無矮奴吾君感悟璽書下歲貢矮奴宜悉罷道州民老者幼者何欣欣父兄子弟始相保從此得作良人身道州民到于今受其賜欲說使君先下淚仍恐兒孫忘使君生男多以陽為字

馴犀 貞元丙戌歲南海進馴犀詔納苑中至十三年冬大寒馴犀死矣

馴犀馴犀通天犀軀皃駭人角駭雞海蠻聞有明天子驅犀乘傳來万里一朝得謁大明宮歡呼拜舞自論功五年馴養始堪獻六譯語言方得通上嘉人獸俱來遠蠻館四方犀入苑飫以瑤蒭鏁以金故鄉迢遞君門深海鳥不知鍾鼓樂池魚空結江湖心馴犀生處南方熱秋無白露冬無雪一入上林三四年又逢今歲苦寒月飲冰臥霰苦蜷跼角骨凍傷鱗甲縮馴犀死蠻兒啼向闕再三顏色低奏乞生歸本國去恐身凍死似馴犀君不見建中初馴象生還放林邑 建中元年詔盡出苑中馴象放歸南方也 君不見貞元末

馴犀凍死蠻兒泣所嗟建中異貞元象生犀死何足言

五絃彈

五絃彈五絃彈聽者傾耳心寥寥趙璧知君入骨愛五絃二爲君調第一第二絃索索秋風拂松疏韻落第三第四絃泠泠夜鶴憶子籠中鳴第五絃聲最掩抑隴水凍咽流不得五絃並奏君試聽淒淒切切復錚錚鐵擊珊瑚一兩曲水寫玉盤千万聲殺聲入耳膚血寒慘氣中人肌骨酸曲終聲盡欲半日四座相對愁無言座中有一遠方士唧唧咨咨聲不已自歎今朝初得聞始知孤負平生耳唯憂趙璧白髮生老死人間無此聲遠方士尔聽五絃信爲美吾聞正始之音不如是正始之音其若何朱絃疏越清廟歌一彈一唱再三歎曲淡節稀聲不多融融曳曳召元氣聽之不覺心平和人情重今多賤古古琴有絃人不撫更從趙璧藝成來二十五絃不如五

蠻子朝

蠻子朝汎皮船兮渡繩橋來自嶲州道路遥入界先經蜀川過蜀將收功先表賀臣聞雲南六詔蠻東連牂牁西連蕃六詔星居初瑣碎合為一詔漸強大開元皇帝雖聖神唯蠻倔強不來賓鮮于仲通六万卒征蠻一陣全軍没至今西洱河岸邊箭孔刀痕滿枯骨天寶十三載鮮于仲通統兵六万討雲南王閤羅鳳于西洱河全軍覆殁也誰知今日慕華風不勞一人蠻自通誠由陛下休明德亦賴微臣誘諭功德宗省表知如此笑令中使迎蠻子蠻子導從者誰何摩挲俗羽雙隈伽清平官持赤藤杖大將軍繫金呿嗟異牟尋男尋閣勸特敕召對延英殿上心貴在懷遠蠻引臨玉座近天顔冕旒不垂親勞倈賜衣賜食移時對移時對不可得大臣相看有羨色可憐宰相拖紫佩金章朝日唯聞對一刻

驃國樂 貞元十七年來獻之

驃國樂驃國樂出自大海西南角雍羌之子舒難陀來獻南音奉正朔德宗立仗御紫庭黈纊不塞爲尒聽玉螺一吹椎髻聳銅鼓千擊文身踊珠纓炫轉星宿搖花鬘斗藪龍蛇動曲終王子啓聖人臣父願爲唐外臣左右歡呼何翕習皆尊德廣之所及須臾百辟詣閤門俯伏拜表賀至尊伏見驃人獻新樂請書國史傳子孫時有擊壤老農父暗測君心閑獨語聞君政化甚聖明欲感人心致太平感人在近不在遠太平由實非由聲觀身理國國可濟君如心兮民如體體生疾苦心憯悽民得和平君愷悌貞元之民若未安驃樂雖聞君不歡貞元之民苟無病驃樂不來君亦聖驃樂驃樂徒喧喧不如聞此芻蕘言

縛戎人

縛戎人縛戎人耳穿面破驅入秦天子矜憐不忍殺詔徙東南吳与越黃衣小使録姓名領出長安乘遞行身被金瘡面多瘠扶病

徒行日一驛朝飡飢渴費盃盤夜卧腥臊汚床席忽逢江水憶交河垂手齊聲嗚咽歌其中一虜語諸虜尓苦非多我苦多同伴行人因借問欲説喉中氣憤憤自云鄉管本凉原大曆年中没落蕃一落蕃中四十載遣著皮裘繫毛帶唯許正朝服漢儀斂衣整巾潛淚垂誓心密定帰鄉計不使蕃中妻子知有李如暹者蓬子將軍之子也甞没蕃中自云蕃法唯正歳一日許唐人之没蕃者服唐衣冠由是悲不自勝遂密定帰計也暗思幸有殘筋力更恐年衰帰不得蕃候嚴兵鳥不飛脱身冒死奔逃帰晝伏宵行經大漠雲陰月黒風沙悪驚藏青塚寒草踈偷渡黄河夜氷薄忽聞漢軍鼙鼓聲路傍走出再拜迎游騎不聽能漢語將軍遂縛作蕃生配向江南卑濕地定無存䘏空防備念此吞聲仰訴天若爲辛苦度殘年凉原鄉井不得見胡地妻兒虚弃捐没蕃被囚思漢土帰漢被劫爲蕃虜早知如此悔帰來兩地寧如一處苦縛戎人戎人之中我苦辛自古此冤應未有漢心漢語吐蕃身

文集卷第三

白氏文集卷第四　諷諭四　新樂府　三十首

驪宮高

高高驪山上有宮朱樓紫殿三四重遲遲兮春日玉甃暖兮溫泉溢嫋嫋兮秋風山蟬鳴兮宮樹紅翠華不來歲月久牆有衣兮瓦有松吾君在位已五載何不一幸乎其中西去都門幾多地吾君不遊有深意一人出兮不容易六宮從兮百司備八十一車千万騎朝有宴飫暮有賜中人之產數百家未足充君一日費吾君脩己人不知不自逸兮不自嬉吾君愛人人不識不傷財兮不傷力驪宮高兮高入雲君之來兮爲一身君之不來兮爲万人

百鍊鏡

百鍊鏡鎔範非常規日辰處所靈且祇江心波上舟中鑄五月五日日午時瓊粉金膏磨瑩已化爲一片秋潭水鏡成將獻蓬萊宮揚州長史手自封人間臣妾不合照背有九五飛天龍人人呼

爲天子鏡我有一言聞太宗太宗常以人爲鏡鑒古鑒今不鑒容四海安危居掌內百王治亂懸心中乃知天子別有鏡不是揚州百鍊銅

青石

青石出自藍田山兼車運載來長安工人磨琢欲何用石不能言我代言不願作人家墓前神道碣墳土未乾名已滅不願作官家道旁德政碑不鐫實錄鐫虛辭願爲顏氏段氏碑雕鏤太尉與太師刻此兩片堅貞質狀彼二人忠烈姿義心若石屹不轉死節名流確不移如觀奮擊朱泚日似見叱呵希烈時各於其上題名謚一置高山一沉水陵谷雖遷碑獨存骨化爲塵名不死長使不忠不烈臣觀碑改節慕爲人慕爲人勸事君

兩朱閣

兩朱閣南北相對起借問何人家貞元雙帝子帝子吹簫雙得仙五雲飄飄飛上天第宅亭臺不將去化爲佛寺在

人間粧閣妓樓何寂靜柳似舞要池似鏡花落黃昏悄悄時
不聞歌吹聞鍾磬寺門勑牓金字書尼院佛庭寬有餘青苔
明月多閑地比屋疲人無處居憶昨平陽宅初置吞併平人幾
家地仙去雙雙作梵宮漸恐人間盡爲寺

西涼伎

西涼伎假面胡人假師子刻木爲頭絲作尾金鍍眼睛銀帖齒
奮迅毛衣擺雙耳如從流沙來萬里紫髯深目兩胡兒鼓舞跳
梁前致辭應似涼州未陷日安西都護進來時須臾云得新消息
安西路絕歸不得泣向師子涕雙垂涼州陷沒知不知師子迴頭
向西望哀吼一聲觀者悲貞元邊將愛此曲醉坐笑看看不
足享賓犒士宴三軍師子胡兒長在目有一征夫年七十見弄
涼州低面泣泣罷斂手白將軍主憂臣辱昔所聞自從天寶
兵戈起犬戎日夜吞西鄙涼州陷來四十年河隴侵將七千

里平時安西万里疆今日邊防在鳳翔平時開遠門外立堠云去安西九千九百里以示戎人不爲万里行其實就盈數也今蕃漢使往來悉在隴州交易也緣邊空屯十万卒飽食温衣閑
過日遺民腸斷在凉州將卒相看無意收天子每思常痛惜將
軍欲說合慙羞奈何仍看西凉伎取笑資歡無所愧縱無智
力未能收忍取西凉弄爲戲

八駿圖

穆王八駿天馬駒後人愛之寫爲圖背如龍兮頸如象骨竦筋高
脂肉壯日行万里速如飛穆王獨乘何所之四荒八極踏欲遍三十
二蹄無歇時屬車軸折趂不及黄屋草生弃若遺瑶池西赴王母
宴七廟經年不親薦璧臺南与盛姬遊明堂不復朝諸侯白雲
黄竹歌聲動一人荒樂万人愁周從后稷至文武積德累功世
勤苦豈知纔及四代孫心輕王業如灰土由來尤物不在大能蕩君
心則爲害文帝却之不肯乘千里馬去漢道興穆王得之不爲戒

八駿駒來周室壞至今此物世稱珍不知房星之精下為怪八駿圖君莫愛

澗底松

有松百尺大十圍生在澗底寒且卑澗深山險人路絶老死不逢工度之天子明堂欠梁木此求彼有兩不知誰諭蒼蒼造物意但與之材不與地金張世祿原憲貧牛衣寒賤貂蟬貴貂蟬與牛衣高下雖有殊高者未必賢下者未必愚君不見沉沉海底生珊瑚歷歷天上種白楡

牡丹芳

牡丹芳牡丹芳黃金蘂綻紅玉房千片赤英霞爛爛百枝絳點燈煌煌照地初開錦繡段當風不結蘭麝囊仙人琪樹白無色王母桃花小不香宿露輕盈汎紫艷朝陽照耀生紅光紅紫二色間深淺向背万態隨低昂映葉多情隱羞面卧叢無力含醉粧低嫣笑容疑掩口凝思怨人如斷腸穠姿貴彩信奇絶

雜卉亂花無比方石竹金錢何細碎芙蓉芍藥苦尋常遂使
王公與卿士遊花冠蓋日相望庳車軟轝貴公主香衫細馬
豪家郎衛公宅靜閉東院西明寺深開北廊戲蝶雙舞看人
久殘鶯一聲春日長共愁日照芳難駐仍張帳幕垂陰涼花
開花落二十日一城之人皆若狂三代以還文勝質人心重華不
重實重華直至牡丹芳其來有漸非今日元和天子憂農桑
卹下動天天降祥去歲嘉禾生九穗田中寂寞無人至今年
瑞麥分兩岐君心獨喜無人知無人知可嘆息我願暫求造
化力減却牡丹妖艷色少迴卿士愛花心同似吾君憂稼穡

紅繡毯

紅線毯擇繭繰絲清水煮揀絲練線紅藍染染爲紅線紅於
藍織作披香殿上毯披香殿廣十丈餘紅線織成可殿鋪綵
絲茸茸香拂拂練軟花虛不勝物美人踏上歌舞來羅襪繡

鞋隨步没太原毯澁毳縷硬蜀都褥薄錦花冷不如此毯温且柔年年十月來宣州宣城太守加樣織自謂爲臣能竭力百夫同擔進宮中線厚絲多卷不得宣城太守知不知一丈毯千兩絲地不知寒人要暖少奪人衣作地衣（貞元中宣州進開樣加絲毯）

杜陵叟

杜陵叟杜陵居歲種薄田一頃餘三月無雨旱風起麥苗不秀多黃死九月降霜秋早寒禾穗未熟皆青乾長吏明知不申破急斂暴徵求考課典桑賣地納官租明年衣食將何如剝我身上帛奪我口中粟虐人害物即豺狼何必鉤爪鋸牙食人肉不知何人奏皇帝帝心惻隱知人弊白麻紙上書德音京畿盡放今年稅昨日里胥方到門手持勅牒榜鄉村十家租稅九家畢虛受吾君蠲免恩

繚綾

繚綾繚綾何所似不似羅綃与紈綺應似天台山上月明前四十五尺瀑布泉中有文章又竒絕地鋪白烟花簇雪織者何人衣者誰越溪寒女漢宮姬去年中使宣口勑天上取樣人間織織爲雲外秋鴈行染作江南春水色廣裁衫袖長製裙金斗熨波刀翦紋異彩竒文相隱映轉側看花花不定昭陽舞人恩正深春衣一對直千金汗沾粉汙不再著曳土踏泥無惜心繚綾織成費功績莫比尋常繒与帛絲細繰多女手疼扎扎千聲不盈尺昭陽殿裏歌舞人若見織時應也惜

賣炭翁

賣炭翁伐薪燒炭南山中滿面塵灰烟火色兩鬢蒼蒼十指黑賣炭得錢何所營身上衣裳口中食可憐身上衣正單心憂炭賤願天寒夜來城外一尺雪曉駕炭車輾氷轍牛困人飢日已高市南門外泥中歇翩翩兩騎來是誰黃衣使者白衫兒手把文

書口稱勑迴車叱牛牽向北一車炭千餘斤宮使驅將惜不得
半疋紅紗一丈綾繫向牛頭充炭直

母別子

母別子子別母白日無光哭聲苦關西驃騎大將軍去年破
虜新策勲勑賜金錢二百萬洛陽迎得如花人新人迎來舊人弃
掌上蓮花眼中刺迎新弃舊未足悲悲在君家留兩兒一始扶
行一初坐坐啼行哭牽人衣以汝夫婦新嬿婉使我母子生別離
不如林中烏与鵲母不失雛雄伴雌應似園中桃李樹花落隨
風子在枝新人新人聽我語洛陽無限紅樓女但願將軍重立功
更有新人勝於汝

陰山道

陰山道陰山道紇邏敦肥水泉好每至戎人送馬時道傍千
里無纖草草盡泉枯馬病羸飛龍但印骨与皮五十疋

縑易一匹縑去馬來無了日養無所用去非宜每歲死傷十六七縑絲不足女工苦踈織短截充匹數藕絲蛛網三丈餘廻鶻訴稱無用處咸安公主號可敦遠爲可汗頻奏論元和二年下新勑内出金帛酬馬直仍詔江淮馬價縑從此不令踈短織合羅將軍呼萬歲捧授金銀與縑絲誰知黠虜啓貪心明年馬多來一倍縑漸好馬漸多陰山虜奈爾何

時世粧

時世粧時世粧出自城中傳四方時世流行無遠近顋不施朱面無粉烏膏注脣脣似泥雙眉畫作八字低妍蚩黑白失本態粧成盡似含悲啼圓鬟無鬢椎髻樣斜紅不暈赭面狀昔聞被髮伊川中辛有見之知有戎元和粧梳君記取髻堆面赭非華風

李夫人

漢武帝初喪李夫人夫人病時不肯别死後留得生前恩君恩不

盡念未已甘泉殿裏令寫眞丹青畫出竟何益不言不笑愁殺人又令方士合靈藥玉釜煎鍊金爐焚九華帳深夜悄悄反魂香降夫人魂夫人之魂在何許香烟引到焚香處既來何苦不須臾縹緲悠揚還滅去去何速兮來何遲是耶非耶兩不知翠蛾髣髴平生貌不似昭陽寢疾時魂之不來君心苦魂之來兮君亦悲背燈隔帳不得語安用暫來還見違傷心不獨漢武帝自古及今皆若斯君不見穆王三日哭重壁臺前傷盛姬又不見泰陵一掬淚馬嵬坡下念楊妃縱令妍姿豔質化爲土此恨長在無銷期生亦惑死亦惑尤物惑人忘不得人非木石皆有情不如不遇傾城色

陵園妾

陵園妾顏色如花命如葉命如葉薄將奈何一奉寢宮年月多年月多春愁秋思知何限青絲髮落叢鬢疎紅玉膚銷繫

裙縵憶昔宮中被妬猜因讒得罪配陵來老母啼呼趁車別中官監送鏁門迴山宮一閉無開日未死此身不令出松門到曉月徘徊栢城盡日風蕭瑟松門栢城幽閉深聞蟬聽鷰感光陰眼看菊蘂重陽淚手把梨花寒食心把花掩淚無人見綠蕪牆遶青苔院四季徒支粧粉錢三朝不識君王面遥想六宮奉至尊宣徽雪夜浴堂春雨露之恩不及者猶聞不啻三千人三千人我爾君恩何厚薄願令輪轉直陵園三歲一來均苦樂

塩商婦

塩商婦多金帛不事田農與蠶績南北東西不失家風水爲鄉舡作宅本是揚州小家女嫁得西江大商客綠鬟富去金釵多皓腕肥來銀釧窄前呼蒼頭後叱婢問爾因何得如此壻作塩商十五年不屬州縣屬天子每年塩利入官時少入官家多入私官家利薄私家厚塩鐵尚書遠不知何況江頭魚米賤紅

鱠黃橙香稻飯飽食濃粧倚柂樓兩朵紅顋花欲綻鹽商婦有幸嫁鹽商終朝美飯食終歲好衣裳好衣美食有來處亦須慙愧桑弘羊桑弘羊死已久不獨漢時今亦有

杏爲梁

杏爲梁桂爲柱何人堂室李開府碧砌紅軒色未乾去年身沒今移主高其牆大其門誰家第宅盧將軍素泥朱板光未滅今歲官收別賜人開府之堂將軍宅造未成時頭已白逆旅重居逆旅中心是主人身是客更有愚夫念身後心雖甚長計非久窮奢極麗越規模付子傳孫令保守莫教門外過客聞撫掌迴頭笑殺君君不見馬家宅尚猶存宅門題作奉成園君不見魏家宅屬他人詔贖賜還五代孫元和四年詔特以官錢贖魏徵勝業坊中舊宅以還其後孫用奬忠儉儉存奢失今在目安用高牆圍大屋

井底引銀瓶

井底引銀瓶銀瓶欲上絲繩絕石上磨玉簪玉簪欲成中央折瓶

沉簪折知奈何似妾今朝与君别憶昔在家爲女時人言舉動有殊姿嬋娟兩鬢秋蟬翼宛轉雙蛾遠山色笑隨戲伴後園中此時与君未相識妾弄青梅憑短牆君騎白馬傍垂楊牆頭馬上遥相顧一見知君即斷腸知君斷腸共君語君指南山松栢樹感君松栢化爲心暗合雙鬟逐君去到君家舍五六年君家大人頻有言聘則爲妻奔是妾不堪主祀奉蘋蘩終知君家不可住其奈出門無去處豈無父母在高堂亦有親情滿故鄉潛來更不通消息今日悲羞歸不得爲君一日恩悮妾百年身寄言癡小人家女愼勿將身輕許人

官牛

官牛官牛駕官車滻水岸邊般載沙一石沙幾斤重朝載暮載將何用載向五門官道西緑槐陰下鋪沙堤昨來新拜右丞相恐怕泥塗汚馬蹄右丞相馬蹄踏沙雖淨潔牛領

牽車欲流血右丞相但能濟人治國調陰陽官牛領穿亦無妨

紫毫筆

紫毫筆尖如錐兮利如刀江南石上有老兎喫竹飲泉生紫毫宣城之人采爲筆千万毛中揀一毫毫雖輕功甚重管勒工名充歲貢君兮臣兮勿輕用勿輕用將何如願賜東西府御史願頒左右臺起居搦管趍入黄金闕抽毫立在白玉除臣有姧邪正衙奏君有動言直筆書起居郎侍御史尔知紫毫不易致每歲宣城進筆時紫毫之價如金貴慎勿空將彈失儀慎勿空將録制詞

隋堤柳

隋堤柳歲久年深盡衰朽風飄飄兮雨蕭蕭三株兩株汴河口老枝病葉愁殺人曾經大業年中春大業年中煬天子種柳成行夾流水西自黄河東至淮緑影一千三百里大業末

年春暮月柳色如烟絮如雪南幸江都恣佚遊應將此柳繫龍舟紫髯郎將護錦纜青娥御史直迷樓海內財力此時竭舟中歌笑何日休上荒下困勢不久宗社之危如綴旒煬天子自言福祚長無窮豈知皇子封酅公龍舟未過彭城閣義旗已入長安宮蕭牆禍生人事變晏駕不得歸秦中土墳數尺何處葬吳公臺下多悲風二百年來汴河路沙草和烟朝復暮後王何以鑒前王請看隋堤亡國樹

草茫茫

草茫茫土蒼蒼蒼蒼茫茫在何處驪山腳下秦皇墓墓中下涸二重泉當時自以爲深固下流水銀象江海上綴珠光作烏兎別爲天地於其間擬將富貴隨身去一朝盜掘墳陵破龍槨神堂三月火可憐寶玉歸人間暫借泉中買身禍奢者狼藉儉者安一凶一吉在眼前憑君迴首向南望漢文葬在灞陵原

古冢狐

古冢狐妖且老化爲婦人顔色好頭變雲鬟面變粧大尾曳作長紅裳徐徐行傍荒村路日欲暮時人靜處或歌或舞或悲啼翠眉不舉花顔低忽然一笑千万態見者十人八九迷假色迷人猶若是真色迷人應過此彼真此假俱迷人人心惡假貴重真狐假女妖害猶淺一朝一夕迷人眼女爲狐媚害即深日長月長溺人心何况褒妲之色善蠱惑能喪人家覆人國君看爲害淺深間豈將假色同真色

黑潭龍

黑潭水深色如墨傳有神龍人不識潭上架屋官立祠龍不能神人神之豐凶水旱与疾疫鄉里皆言龍所爲家家養豚漉清酒朝祈暮賽依巫口神之來兮風飄飄紙錢動兮錦傘摇神之去兮風亦靜香火滅兮盃盤冷肉堆潭岸石酒潑廟前

草不知龍神饗食幾多林鼠山狐長醉飽狐何幸豚何辜年年
年殺豚將餧狐狐假龍神食豚盡九重泉底龍知無

天可度

天可度地可量唯有人心不可防但見丹誠赤如血誰知僞言
巧似簧勸君掩鼻君莫掩使君夫婦爲參商勸君掇蜂
君莫掇使君父子成豺狼海底魚兮天上鳥高可射兮深可釣
唯有人心相對時咫尺之間不能料君不見李義府之輩笑欣
欣笑中有刀潛殺人陰陽神變皆可測不測人間笑是瞋

秦吉了

秦吉了出南中彩毛青黑花頸紅耳聰心慧舌端巧鳥語人
言無不通昨日長爪鳶今朝大觜烏鳶捎乳燕一窠覆烏
啄母雞雙眼枯雞號墮地燕驚去然後拾卵攫其雛豈無鵰
与鶚嗉中肉飽不肯搏亦有鸞鶴羣閑立颺高如不聞秦吉了

人云尔是能言鳥豈不見雞鸞之冤苦吾聞鳳凰百鳥主尔
竟不爲鳳凰之前致一言安用噪噪閑言語

鵶九劍

歐冶子死千年後精靈暗授張鵶九鵶九鑄劍吴山中天与日
時神借功金鐵騰精火翻焰踊躍求爲鏌鎁劍劍成未試十
餘年有客持金買一觀誰知閉匣長思用三尺青蛇不肯月蟠
客有心劍無口客代劍言告鵶九君勿矜我玉可切君勿誇我
鍾可刜不如持我决浮雲無令漫漫蔽白日爲君使無私之光
及万物蟄虫昭蘇萌草出

采詩官

采詩官采詩聽謌導人言言者無罪聞者誠下流上通上下
泰周滅秦興至隋氏十代采詩官不置郊廟登歌讃君美樂
府艶詞悦君意若求興諭規刺言万句千章無一字不是章

句無規刺漸及朝廷絕諷議諍臣杜口爲冗員諫鼓高懸作虛器一人負扆常端默百辟入門兩自媚夕郎所賀皆德音春官每奏唯祥瑞君之堂兮千里遠君之門兮九重閟君耳唯聞堂上言君眼不見門前事貪吏害民無所忌姧臣蔽君無所畏君不見厲王胡亥之末年群臣有利君無利君兮君兮願聽此欲開壅蔽達人情先向歌詩求諷刺

白氏文集卷第四

白氏文集卷第五

閑適一 古調詩 九五十三首

常樂里閑居偶題十六韻兼寄劉十五公輿王十一起
呂二炅呂四熲崔十八玄亮元九稹劉三十二敦質
張十五仲元時爲校書郎

帝都名利場雞鳴無安居獨有懶慢者日高頭未梳工拙性不同進退迹遂殊幸逢太平代天子好文儒小才難大用典校在秘書三旬兩入省因得養頑踈茅屋四五間一馬二僕夫俸錢萬六千月給亦有餘既無衣食牽亦少人事拘遂使少年心日日常晏如勿言無已知躁靜各有徒蘭臺七八人出處與之俱旬時阻談笑旦夕望軒車誰能讎校閒解帶臥吾廬窓前有竹翫門外有酒沽何以待君子數竿對一壺

答元八宗簡同遊曲江後明日見贈

長安千萬人出門各有營唯我與夫子信馬悠悠行行到曲江頭反照草樹明南山好顏色病客有心情水禽翻白羽風荷嫋翠莖

何必滄浪去即此可濯纓時景不重來賞心難再并坐愁紅塵裏
夕鼓鼕々鼕々聲歸來經一宿世慮稍復生頓聞瑶華唱再得塵襟清

感時

朝見日上天暮見日入地不覺明鏡中忽年三十四勿言身未老
冉冉行將至白髮雖未生朱顏已先悴人生詎幾何在世猶如寄
雖有七十期十人無一二今我猶未悟往往不適意胡爲方寸間不
貯浩然氣貧賤非不惡道在何足避富貴非不愛時來當自致所以
達人心外物不能累唯當飲美酒終日陶陶醉斯言勝金玉佩服無失墜

首夏同諸校正遊開元觀因宿翫月

我與二三子策名在京師官小無職事閑於爲客時沉沉道觀中心
賞期在茲到門車馬迴入院巾杖隨清和四月初樹木正華滋風
清新葉影鳥思殘花枝向夕天又晴東南餘霞披置酒西廊下
待月杯行遲須臾金魄生若與吾徒期光華一照耀樓殿相參

差終夜清景前笑歌不知疲長安名利地此興幾人知

永崇里觀居

季夏中氣候煩暑自此收蕭颯風雨天蟬聲暮啾啾永崇里巷靜華陽觀院幽軒車不到處滿地槐花秋年光忽冉冉世事本悠悠何必待衰老然後悟浮休真隱豈長遠至道在冥搜身雖世界住心与虛無遊朝飢有蔬食夜寒有布裘幸免凍与餒此外復何求寡欲雖少病樂天心不憂何以明吾志周易在床頭

早送舉人入試

夙駕送舉人東方猶未明自謂出太早已有車馬行騎火高仾影街鼓參差聲可憐早朝者相看意氣生日出塵埃飛羣動互營營營營各何求無非利与名而我常晏起虛住長安城春深官又滿日有歸山情

招王質夫　自此後詩爲盩厔尉時作

濯足雲水客折腰簪笏身諠閑跡相背十里別經旬忽因乘逸興莫惜訪囂塵窗前故栽竹与君爲主人

祗役駱口因与王質夫同遊秋山偶題三韻

石擁百泉合雲破千峯開平生烟霞侶此地重徘徊今日勤王意一半爲山來

見蕭侍御憶舊山草堂詩因以繼和

琢玉以爲架綴珠以爲籠玉架絆野鶴珠籠鏁冥鴻鴻思雲外天鶴憶松上風珠玉信爲美鳥不戀其中臺中蕭侍御心与鴻鶴同曉起慵冠豸閑行厭避驄昨見憶山詩詩思浩無窮歸夢杳何處舊居灃水東秋閑杉桂林春老芝朮叢自云別山後離抱常忡忡衣繡非不榮持憲非不雄所樂不在此悵望草堂空

病假中南亭閑望

欹枕不視事兩日門掩關始知吏役身不病不得閑閑意不在遠小亭方丈間西簷竹梢上坐見太白山遥愧峯上雲對此塵中顔

仙遊寺獨宿

沙鶴上階立潭月當戶開此中留我宿兩夜不能迴幸与靜境遇喜無歸侶催從今獨遊後不擬共人來

前庭凉夜

露簟色似玉風幌影如波坐愁樹葉落中庭明月多

官舍小亭閑望

風竹散清韻烟槐凝綠姿日高人吏去閑坐在茅茨葛衣禦時暑蔬飯療朝飢持此聊自足心力少營爲亭上獨吟罷眼前無事時數峯太白雪一卷陶潛詩人心各自是我是良在兹迴謝爭名客甘從君所嗤

早秋獨夜

井桐凉葉動隣杵秋聲發獨向簷下眠覺來半床月

聽彈古淥水 琴曲名

聞君古淥水使我心和平欲識慢流意爲聽踈汎聲西窓竹陰下竟日有餘清

松齋自題 時爲翰林學士

非老亦非少年過三紀餘非賤亦非貴朝登一命初才小分易足心寛體長舒充腸皆美食容膝即安居況此松齋下一琴數帙書書不求甚解琴聊以自娛夜直入君門晚歸卧吾廬形骸委順動方寸付空虛持此將過日自然多晏如昏昏復默默非智亦非愚

冬夜与錢員外同直禁中

夜深草詔罷霜月淒凛凛欲卧煖殘盃燈前相對飲連鋪青纖被對置通中枕髣髴百餘宵与君同此寢

和錢員外禁中夙興見示

窗白星漢曙窗暖燈火餘坐卷朱裏幕看封紫泥書宵宵鍾漏盡曈曈霞景初樓臺紅照曜松竹青扶踈君愛此時好迴頭時謂余不知上清界曉景復何如

夏日獨直寄蕭侍御

憲臺文法地翰林清切司鷹猜課野鶴驥德責山麋課責雖不同同歸非所宜是以方寸內忽忽暗相思夏日獨上直日長何所爲澹然無他念虛靜是吾師形委有事牽心与無事期中聽一以曠外累都若遺地貴身不覺意閑境來隨但對松与竹如在山中時情性聊自適吟詠偶成詩此意非夫子餘人多不知

松聲 修行里張家宅南亭作

月好好獨坐雙松在前軒西南微風來潛入枝葉間蕭寥發爲聲半夜明月前寒山颯颯雨秋琴泠泠絃一聞滌炎暑再聽破昏煩竟夕遂不寐心體俱翛然南陌車馬動西隣歌吹繁誰知

茲簷下滿耳不爲喧

禁中

門嚴九重靜窓幽一室閑好是修心處何必在深山

贈吳丹

巧者力苦勞智者心苦憂愛君無巧智終歲閑悠悠嘗登御史府亦佐東諸侯手操紏謬簡心運决勝籌官途似風水君心如虛舟汎然而不有進退得自由今來脫豸冠時往待龍樓官曹稱心靜居處隨跡幽冬負南榮日支體甚溫柔夏卧北窓風枕席如凉秋南山入舍下酒甕在床頭人間有閑地何必隱林丘顧我愚且昧勞生殊未休一入金門直星霜三四周主恩信難報近地徒久留終當乞閑官退与夫子遊

初除戶曹喜而言志

詔授戶曹掾捧詔感君恩感恩非爲己祿養及吾親弟兄俱

簪笏新婦儼衣巾羅列高堂下拜慶正紛紛俸錢四五万月可
奉晨昏廩祿二百石歲可盈倉囷喧喧車馬來賀客滿我門
不以我爲貪知我家内貧置酒延賀客客容亦歡欣笑云今日後
不復憂空罇荅云如君言願君少逡巡我有平生志醉後爲君
陳人生百歲期七十有幾人浮榮及虚位皆是身之賓唯有衣
与食此事粗関身苟免飢寒外餘物盡浮雲

秋居書懷

門前少賓客階下多松竹秋景下西牆涼風入東屋有琴慵不
弄有書閑不讀盡日方寸中澹然無所欲何須廣居處不用多
積蓄丈室可容身斗儲可充腹況無治道術坐受官家祿不種
一株桑不鋤一壠穀終朝飽飯飡卒歲豐衣服持此知愧心自然易爲足

禁中曉卧因懷王起居

遅遅禁漏盡悄悄暝鴉喧夜雨槐花落微涼卧北軒曙燈殘

未滅風簾閑自翻每一得靜境思与故人言

養拙

鐵柔不爲劒木曲不爲轅今我亦如此愚蒙不及門甘心謝名利滅跡歸丘園坐卧茅茨中但對琴与鐏身去韁鎖累耳辭朝市諠迢遥無所爲時窺五千言無憂樂性場寡欲淸心源始知不才者可以探道根

寄李十一 建

外事牽我形外物誘我情李君别來久褊悋從中生憶昨訪君時立馬扣柴荆有時君未起穉子喜先迎連步笑出門衣翻冠或傾掃階苔文緑拂榻藤陰淸家醖及春熟園葵乘露烹看山東亭坐待月南原行門靜唯鳥語坊遠少鼓聲相對盡日言不及利与名分手 來幾時明月三四盈别時殘花落及此新蟬鳴芳歲忽已晩離抱悵未平豈不思命駕吏職坐相縈

前時君有期訪我來山城心賞久云阻言約無自輕相去幸非遠走馬一日程

旅次華州贈袁右丞

渭水綠溶溶華山青崇崇山水一何麗君子在其中才与世會合物隨誠感通德星降人福時雨助歲功化行人無訟囹圄千日空政順氣亦和黍稷三年豐客自帝城來駈馬出関東愛此一郡人如見太古風方今天子心憂人正忡忡安得天下守盡得如袁公

醻楊九弘貞長安病中見寄

伏枕君寂寂折要我營營所嗟經時別相去一宿程攜手昨何時昆明春水平離郡來幾日太白夏雲生之子未得意貧病客帝城貧堅志士節病長高人情隱机自恬淡閉門無送迎龍卧心有待鶴瘦皃弥清清機發爲文投我如振瓊何以慰飢渴捧之吟一聲

禁中寓直夢遊仙遊寺

西軒草詔暇松竹深寂寂月出清風來忽似山中夕因成西南

夢夢作遊仙客覺聞宮漏聲猶謂山泉滴

贈王山人

聞君減寢食日聽神仙說暗待非常人潛求長生訣言長本對短未離生死轍假使得長生才能勝天折松樹千年朽槿花一日歇畢竟共虛空何須誇歲月彭生徒自異生死終無別不如學無生無生即無滅

秋山

久病曠心賞今朝一登山山秋雲物冷稱我清羸顏白石卧可枕青蘿行可攀意中如有得盡日不欲還人生無幾何如寄天地間心有千載憂身無一日閑何時解塵網此地來掩關

贈能七倫

澗松高百尋四時寒森森臨風有清韻向日無曲陰如何時俗人但賞桃李林豈不知堅貞芳馨誘其心能生學爲文氣

高功亦深手中一百篇句句披沙金苦節二十年無人振陸沉今我尚貧賤徒爲爾知音

題揚頴士西亭

靜得亭上境遠諧塵外蹤憑軒東望好鳥滅山重重竹露冷煩襟杉風清病容曠然宜眞趣道與心相逢即此可遺世何必蓬壺峯

題贈鄭秘書徵君石溝溪隱居 (鄭生嘗隱天台徵起而仕今復謝病隱於此溪中)

鄭君得自然虛白生心胷吸彼沆瀣精凝爲冰雪容大君貞元初求賢致時雍蒲輪入翠微迎下天台峯赤城別松喬黃閣交夔龍俛仰受三命從容辭九重出籠鶴翩翩歸林鳳嗈嗈在火辨良玉經霜識貞松新居寄楚山山碧溪溶溶丹竈燒烟煴黃精花丰茸蕙帳夜琴澹桂樽春酒濃時人不到處苔石無塵蹤我今何爲者趍世身龍鍾不向林壑訪無由朝市逢終當解纓綱卜築來相從

及第後歸覲留別諸同年

十年常苦學一上謬成名擢第未爲貴賀親方始榮時輩六七人送我出帝城軒車動行色絲管舉離聲得意減别恨半酣輕遠程翩翩馬蹄疾春日歸鄉情

清夜琴興

月出鳥栖盡寂然坐空林是時心境閑可以彈素琴清冷由木性恬淡隨人心心積和平氣木應正始音響餘群動息曲罷秋夜深正聲感元化天地清沉沉

効陶潛體詩十六首 并序

余退居渭上杜門不出時屬多雨無以自娛會家醖新熟雨中獨飲往往酣醉終日不醒懶放之心弥覺自得故得於此而有以忘於彼者因詠陶淵明詩適与意會遂倣其體成十六篇醉中狂言醒輒自哂然知我者亦無隱焉

不動者厚地不息者高天無窮者日月長在者山川松柏与龜鶴

其壽皆千年嗟嗟群物中而人獨不然早出向朝市暮已歸下泉形質及壽命危脆若浮烟堯舜與周孔古來稱聖賢借問今何在一去亦不還我無不死藥万万隨化遷所未定知者修短遲速間幸及身健日當歌一罇前何必待人勸念此自爲歡

翳翳踰月陰沉沉連日雨開簾望天色黃雲暗如土行潦毀我墉疾風壞我宇蓬蒿生庭院泥塗失場圃村深絕賓客窓晦無儔侶盡日不下床跳鼃時入戸出門無所往入室還獨處不以酒自娛塊然与誰語

朝飲一盃酒冥心合元化兀然無所思日高尚閑卧暮讀一卷書會意如嘉話欣然有所遇夜深猶獨坐又得琴上趣安絃有餘暇復多詩中狂下筆不能罷唯茲三四事持用度晝夜所以陰雨中經旬不出舍始悟獨往人心安時亦過

東家采桑婦雨來苦愁悲蔟蚕北堂前雨冷不成絲西家荷鋤

叟雨來亦怨谷種豆南山下雨多落爲萁而我獨何幸醖酒本無期及此多雨日正遇新熟時開瓶瀉鐏中玉液黄金脂持翫已可悦歡嘗有餘滋一酌發好容再酌開愁眉連延四五酌酣暢入四肢忽然遺我物誰復分是非是時連夕雨酩酊無所知人心苦顛倒反爲憂者嗤

朝亦獨醉歌暮亦獨醉睡未盡一壺酒已成三獨醉勿嫌飲太少且喜歡易致一盃復兩盃多不過三四便得心中適盡忘身外事更復強一盃陶然遺萬累一飲一石者徒以多爲貴及其酩酊時与我亦無異笑謝多飲者酒錢徒自費

天秋無片雲地静無纖塵團團新晴月林外生白輪憶昨陰霖天連連三四旬賴逢家醖熟不覺過朝昏私言雨霽後可以罷餘鐏及對新月色不醉亦愁人牀頭殘酒榼欲盡味弥淳携置南簷下舉酌自殷勤清光入盃杓白露生衣巾乃知陰与晴安可無

此君我有樂府詩成來人未聞今宵醉有興狂詠驚四隣獨賞
猶復尔何況有交親
中秋三五夜明月在前軒臨觴忽不飲憶我平生歡我有同心人
邈邈崔与錢我有忘形友迢迢李与元或飛青雲上或落江湖
間与我不相見于今四五年我無縮地術君非馭風仙安得明月
下四人來晤言良夜信難得佳期杳無緣明月又不駐漸下西
南天豈無他時會惜此清景前
家醞飲已盡村中無酒貰坐愁今夜醒其奈秋懷何有客忽叩
門言語一何佳云是南村叟挈手榼來相過且喜罇不燥安問少
与多重陽雖已過籬菊有殘花歡來苦晝短不覺夕陽斜
老人勿遽起且待新月華客去有餘趣竟夕獨酣歌
原生衣百結顔子食一簞歡然樂其志有以忘飢寒今我何人哉
德不及先賢衣食幸相屬胡爲不自安況茲清渭曲居處安且

閑榆柳百餘樹茅茨十數間寒負簷下日熱濯澗底泉日出猶
未起日入已復眠西風滿村巷清涼八月天但有雞犬聲不聞車馬
喧時傾一罇酒坐望東南山稚姪初學步牽衣戲我前即此自
可樂庶幾顏与原

湛湛罇中酒有功不自伐不伐人不知我今代其說良將臨大敵前
駈千万卒一簞投河飲赴死心如一壯士磨匕首勇憤氣咆哮一酣
忘報讎四體如無骨東海殺孝婦天旱踰年月一酌酹其魂通宵
雨不歇咸陽秦獄氣寃痛結為物千歲不肯散一沃亦銷失況茲兒女
恨及彼幽憂疾使飲無不消如霜得春日方知麴蘗靈万物無与疋
烟雲隔玄圃風波限瀛洲我豈不欲往大海路阻脩神仙但聞說靈
藥不可求長生無得者舉世如蜉蝣逝者不重迴存者難久留踟
躕未死間何峕懷百憂念此忽內熱坐看成白頭舉一盃還獨飲顧
影自獻酬心与口相約未辭勿言休今朝不盡醉知有明朝不不見郭門外

纍纍墳与丘月明愁殺人黃蒿風颼颼死者若有知悔不秉燭遊

吾聞潯陽郡昔有陶徵君愛酒不愛名憂醒不憂貧嘗爲彭澤令在官纔八旬愀然忽不樂挂印著公門口吟歸去來頭戴漉酒巾人吏留不得直入故山雲歸來五柳下還以酒養真人間榮与利擺落如泥塵先生去已久紙墨有遺文篇篇勸我飲此外無所云我從老大來竊慕其爲人其他不可及且效醉昏昏

楚王疑忠臣江南放屈平晉朝輕高士林下棄劉伶一人常獨醉一人常獨醒醒者多苦志醉者多歡情歡情信獨善苦志竟何成兀傲甕間卧憔悴澤畔行彼憂而此樂道理甚分明願君且飲酒勿思身後名

有一燕趙士言貌甚奇瓌日日酒家去脱衣典數盃問君何落拓云僕生草萊地寒命且薄徒抱王佐才豈無濟時策君門乏良媒三獻寢不報遲遲空手迴亦有同門生先升青雲梯貴賤

交道絶朱門叩不開及歸種禾黍三歲旱爲灾入山燒黃白一旦化
爲灰蹉跎五十餘生世苦不諧處處去不得却歸酒中來
南巷有貴人高盖駟馬車我問何所苦四十垂白鬚答云
君不知位重多憂虞北里有寒士甕牖繩爲樞出扶桑藜
杖入臥蝸牛廬散賤無憂患心安體亦舒東隣有富翁藏貨
徧五都東京收粟帛西市鬻金珠朝營暮計筭晝夜不安
居西舍有貧者疋婦配疋夫布裙行賃舂短褐坐傭書以此求
只食一飽欣有餘貴賤与貧富高下雖有殊憂樂与利害彼
此不相踰是以達人觀万化同一途但未知生死勝負兩何如遲
疑未知間且以酒爲娱
濟水澄而絜河水渾而黃交流列四瀆清濁不相傷太公戰牧
野伯夷餓首陽同時号賢聖進退不相妨謂天不愛民胡爲生
稻粱謂天果愛民胡爲生豺狼謂神福善人孔聖竟栖遑謂

神禍淫人暴秦終霸王顔回与黄憲何辜早夭亡蝮虵與鴆
鳥何得壽延長物理不可測神道亦難量舉頭仰問天天
色但蒼蒼唯當多種黍日醉手中觴

白氏文集卷第五

白氏文集卷第六　閑適二　古調詩五言 凡四十八首　自兩韻至一百三十韻

自題寫真　時爲翰林學士

我皃不自識李放寫我真靜觀神與骨合是山中人蒲柳質易
朽麋鹿心難馴何事赤墀上五年爲侍臣況多剛狷性難与世
同塵不惟非貴相但恐生禍因宜當早罷去收取雲泉身

遣懷　自此後詩在渭村作

寓心身體中寓性方寸內此身是外物何足苦憂愛況有假飾者
華簪及高蓋此又疎於身復在外物外操之多惴慄失之又悲悔
乃知名与器得喪俱爲害頹然環堵客蘿蕙爲巾帶自得此
道來身窮心甚泰

渭上偶釣

渭水如鏡色中有鯉与魴偶持一竿竹懸釣至其傍微風吹釣絲嫋
嫋十尺長誰知對魚坐心在無何鄉昔有白頭人亦釣此渭陽釣

人不釣魚七十得文王況我垂釣意人魚又兼亡無機兩不得但弄
秋水光興盡釣亦罷歸來飲我觴

隱几

身適忘四支心適忘是非既適又忘適不知吾是誰百體如槁木
兀然無所知方寸如死灰寂然無所思今日復明日身心忽兩遺
行年三十九歲暮日斜時四十心不動吾今其庶幾

春眠

新浴支體暢獨寢神䰟安況因夜深坐遂成日高眠春被薄亦
暖朝窗深更閑却忘人間事似得枕上仙至適無夢想大和難名言
全勝彭澤醉欲敵曹溪禪何物呼我覺伯勞聲關關起來妻子笑
生計春茫然

閑居

空腹一盞粥飢食有餘味南簷半床日暖卧因成睡綿袍擁兩

膝竹几支雙臂從旦直至昏身心一無事心足即爲富身閑乃當
貴富貴在此中何必居高位君看裴相國金紫光照地心苦頭
盡白纔年四十四乃知高蓋車乘者多憂畏

夏日

東窗晚無熱北戶涼有風盡日坐復臥不離一室中中心本無
繫亦与出門同

適意二首

十年爲旅客常有飢寒愁三年作諫官復多尸素羞有酒
不暇飲有山不得遊豈無平生志拘牽不自由一朝歸渭上泛如不
繫舟置心世事外無喜亦無憂終日一蔬食終年一布裘寒來
弥懶放數日一梳頭朝睡足始起夜酌醉即休人心不過適適外復何求
早歲從旅遊頗諳時俗意中年忝班列備見朝廷事作客誠已難
爲臣尤不易況予方且介舉動多忤累直道速我尤詭遇非吾志

胷中十年内消盡浩然氣自從返田畝頓覺無憂愧蟠木用
難施浮雲心易遂悠悠身与世從此兩相弃

首夏病間

我生來幾時万有四千日自省於其間非憂即有疾老去慮漸息
年來病初愈忽喜身与心泰然兩無苦况茲孟夏月清和好時
節微風吹裌衣不寒復不熱移榻樹陰下竟日何所爲或飲一甌
茗或吟兩句詩内無憂患迫外無職役羈此日不自適何時是適時

晚春沽酒

百花落如雪兩鬢垂作絲春去有來日我老無少時人生待富貴
爲樂常苦遲不如貧賤日隨分開愁眉賣我所乘馬典我舊
朝衣盡將沽酒飲酩酊步行歸名姓日隱晦形骸日變衰醉
卧黄公肆人知我是誰

蘭若寓居

名宦老慵求退身安草野家園病懶歸寄居在蘭若薜衣換簪組藜杖代車馬行止輒自由甚覺身蕭灑晨遊南塢上夜息東菴下人間千万事無有關心者

麴生訪宿

西齋寂已暮叩門聲樀樀知是君宿來自拂塵埃席村家何所有茶果迎來客貧靜似僧居竹林依四壁廚燈斜影出簷雨餘聲滴不是愛閑人肯來同此夕

聞庾七左降因詠所懷

我病卧渭北君老謫巴東相悲一長歎薄命与君同既歎還自哂哂歎兩未終後心誚前意所見何迷蒙人生大塊間如鴻毛在風或飄青雲上或落泥塗中衮服相天下儻來非我通布衣委草莽偶去非吾窮外物不可必中懷須自空無令怏怏氣留滯在心胷

答卜者

病眼昏似夜衰鬢颯如秋除却須衣食平生百事休知君善易
者問我決疑不不卜非他故人間無所求

歸田三首

人生何所欲所欲唯兩端中人愛富貴高士慕神仙神仙須有
籍富貴亦在天莫戀長安道莫尋方丈山西京塵浩浩東海
浪漫漫金門不可入琪樹何由攀不如歸山下如法種春田
種田計已決決意復何如賣馬買犢使徒步歸田廬迎春治耒耜
候雨闢菑畬策杖田頭立躬親課僕夫吾聞老農言爲稼慎在
初所施不鹵莽其報必有餘上求奉王稅下望備家儲安得放
慵墮拱手而曳裾學農未爲鄙親友勿笑余更待明年後
自擬執犂鋤
三十爲近臣腰間鳴珮玉四十爲野夫田中學鋤穀何言十年

内變化如此速此理固是常窮通相倚伏爲魚有深水爲鳥有高木何必守一方窘然自牽束化吾足爲馬吾因以行陸化吾手爲彈吾因以求肉形骸爲異物委順心猶足幸得且歸農安知不爲福況吾行欲老瞥若風前燭孰能俄頃間將心繫榮辱

秋遊原上

七月行已半早涼天氣清清晨起巾櫛徐步出柴荆露杖筇竹冷風襟越蕉輕閑携弟姪輩同上秋原行新棗未全赤晚瓜有餘馨依依田家叟設此相逢迎自我到此村往來白髮生村中相識久老幼皆有情留連向暮歸樹樹風蟬聲是時新雨足禾黍夾道青見此令人飽何必待西成

九日登西原宴望 同諸兄弟作

病愛枕席涼日高眠未輟弟兄呼我起今日重陽節起登西原望懷抱同一豁移座就菊叢餻酒前羅列雖無絲与管歌笑

隨情發白日未及傾顏酡耳已熱酒酣四向望六合何空闊天地自久長斯人幾時活請看原下村村人死不歇一村四十家哭葬無虛月指此各相勉良辰且歡悅

寄同病者

三十生二毛早衰爲沉痾四十官七品拙宦非由他年顏日枯槁時命日蹉跎豈獨我如此聖賢無奈何迴觀親舊中舉目尤可嗟或有終老者沉賤如泥沙或有始壯者飄忽如風花窮餓與夭促不如我者多以此反自慰常得心平和寄言同病者迴歎且爲歌

遊藍田山卜居

脫置腰下組擺落心中塵行歌望山去意似歸鄉人朝蹋玉峯下暮尋藍水濱擬求幽僻地安置疎慵身本性便山寺應須旁悟眞

村雪夜坐

南窓背燈坐風霰暗紛紛寂寞深村夜殘鴈雪中聞

東園翫菊

少年昨已去芳歲今又闌如何寂寞意復此荒涼園園中獨立久日淡風露寒秋蔬盡蕪沒好樹亦凋殘唯有數叢菊新開籬落間攜觴聊就酌爲尓一留連憶我少小日易爲興所牽見酒無時節未飲已欣然近從年長來漸覺取樂難常恐更衰老強飲亦無歡顧謂尓菊花後時何獨鮮誠知不爲我借尓慙開顏

觀稼

世役不我牽身心常自若晚出看田畝閑行旁村落纍纍繞場稼嘖嘖羣飛雀年豐豈獨人禽鳥聲亦樂田翁逢我喜默起具樽杓斂手笑相延社酒有殘酌愧茲勤且敬藜杖爲淹泊言動任天真未覺農人惡停盃問生事夫種妻兒穫筋力苦疲勞衣食長單薄自慙禄仕者曾不營農作飽食無所勞何殊衞人鶴

聞哭者

昨日南隣哭哭聲一何苦云是妻哭夫夫年二十五今朝北里哭哭聲又何切云是母哭兒兒年十七八四隣尚如此天下多夭折乃知浮世人少得垂白髮余今過四十念彼聊自悅從此明鏡中不嫌頭似雪

新犯御名亭臺示諸弟姪

平臺高數尺臺上結茅茨東西踈二牖南北開兩扉蘆簾前後卷竹簟當中施清泠白石枕踈凉黃葛衣開衿向風坐夏日如秋時嘯傲頗有趣窺臨不知疲東窓對華山三峯碧參差南簷當渭水卧見雲帆飛仰摘枝上果俯折畦中葵足以充飢渇何必慕甘肥況有好羣從旦夕相追隨

自吟拙什因有所懷

懶病每多暇暇來何所爲未能抛筆硯時作一篇詩詩成淡無味多被衆人嗤上怪落聲韻下嫌拙言詞時時自吟詠吟罷有所思蘇州及彭澤与我不同時此外復誰愛唯有元微之趂向江陵府

三年作判司相去三千里詩成遠不知

東陂秋意寄元八

寥落野陂畔獨行思有餘秋荷病葉上白露大如珠忽憶同賞地曲江東北隅秋池少遊客唯我與君俱啼蛩隱紅蓼瘦馬蹋青蕪當時與今日俱是暮秋初節物苦相似時景亦無餘唯有人分散經年不得書

閑居

深閉竹間扉靜掃松下地獨嘯晚風前何人知此意看山盡日坐枕帙移時睡誰能從我遊使君心無事

詠拙

所稟有巧拙不可改者性所賦有厚薄不可移者命我性拙且惷我命薄且屯問我何以知所知良有因亦曾舉兩足學人踏紅塵從茲知性拙不解轉如輪亦曾奮六翮高飛到青雲從茲

知命薄摧落不逡巡慕貴而厭賤樂富而惡貧同出天地間我豈異於人性命苟如此反則成苦辛以此自安分雖窮每欣欣葺茅爲我廬編蓬爲我門縫布作袍被種穀充盤飧靜讀古人書閑釣清渭濱優哉復遊哉聊以終吾身

詠慵

有官慵不選有田慵不農屋穿慵不葺衣裂慵不縫有酒慵不酌無異樽長空有琴慵不彈亦與無絃同家人告飯盡欲炊慵不舂親朋寄書至欲讀慵開封常聞嵇叔夜一生在慵中彈琴復鍜鐵比我未爲慵

冬夜

家貧親愛散身病交遊罷眼前無一人獨掩村齋臥冷落燈火暗離披簾幕破策策窗戶前又聞新雪下長年漸省睡夜半起端坐不學坐忘心寂寞安可過兀然身寄世浩然心委化如

此來四年一千三百夜

村中留李三宿 固言

平生早遊宦不道無親故如我爲君心相知應有數春明門前別金氏陂中遇村酒兩三盃相留寒日暮勿嫌村酒薄聊酌論心素請君少踟躕繫馬門前樹明年身若健便擬江湖去他日縱相思知君無覓處後會既茫茫今宵君且住

友人夜訪

簷間清風簟松下明月盃幽意正如此況乃故人來

遊悟眞寺詩 一百三十韻

元和九年秋八月月上弦我遊悟眞寺寺在王順山去山四五里先聞水潺湲自茲捨車馬始涉藍溪灣手拄青竹杖足蹋白石灘漸怪耳目曠不聞人世諠山下望山上初疑不可攀誰知中有路盤折通巖巔一息幡竿下再休石龕邊龕間長丈餘門戶

無扃関俯窺不見人石髮垂若鬟驚出白蝙蝠雙飛如雪翻
廻首寺門望青崖夾朱軒如擘山腹開置寺於其間入門無
平地地窄虛空寬房廊爲臺殿高下隨峯巒巖崿無撮土
樹木多瘦堅根株抱石長屈曲虫虵蟠松桂亂無行四時鬱芊
芊枝梢嫋清吹韻若風中絃日月光不透緑陰相交延幽鳥
時一聲聞之似寒蟬首憩賓位亭就坐未及安須臾開北戶
万里明豁然拂簷虹霏微遶棟雲迴旋赤日間白雨陰晴同一
川野緑蔟草樹眼界吞秦原渭水細不見漢陵小於拳却顧來
時路縈紆映朱欄歷歷上山人一一遥可觀前對多寶塔風鐸
鳴四端欒櫨爲戶牖恰恰金碧繁云昔迦葉佛此地坐涅槃至
今鐵鉢在當底手跡穿西開玉像殿白佛森比肩抖擻塵埃
衣礼拜冰雪顔疊霜爲袈裟貫雹爲華鬘遍觀疑鬼功
其跡非雕鐫次登觀音堂未到聞栴檀上階脫雙履斂足升

淨筵六楹排玉鐏四座敷金鈿黒夜自光明不待燈燭燃衆寶
互低昂碧珮珊瑚幡風來似天樂相觸聲珊珊白珠垂露凝
赤珠滴血殷點綴佛髻上合爲七寶冠雙瓶白琉璃色若秋水
寒隔瓶見舍利圓轉如金丹玉笛何代物天人施祇園吹如秋鶴
聲可以降靈仙是時秋方中三五月正圓寶堂豁三門金魄當
其前月与寶相射晶光爭鮮妍照人心骨泠竟夕不欲眠曉尋
南塔路乱竹低嬋娟林幽不逢人寒蝶飛翾翾山果不識名離離
夾道蕃足以療飢乏摘嘗味甘酸道南藍谷神紫傘白紙錢
若歳有水旱詔使修蘋蘩以地淸淨故獻奠無葷羶危石
疊四五磊嵬欹且刓造物者何意堆在巖東偏泠滑無人迹苔
點如花牋我來登上頭下臨不測淵目眩手足掉不敢低頭看風
從石下生薄人而上摶衣服似羽翮開張欲飛騫巉巉三面峯峯
尖刀劒攢往往白雲過決開露青天西北日落時夕暉紅團團千

里翠屏外走下丹砂九東南月上時夜氣青漫漫百丈碧潭底
寫出黄金盤藍水色似藍日夜長潺潺周迴繞山轉下視如青環
或鋪爲慢流或激爲奔湍泓澄最深處浮出蛟龍涎側身入其
中懸磴尤險難捫蘿踏樛木下逐飲澗猨雪迸起白鷺錦跳驚
紅鱣歇定方盥漱濯去支體煩淺深皆洞澈可照腦与肝但愛清
見底欲尋不知源東崖饒怪石積甃蒼琅玕温潤發於外其間
韞璵璠卞和死已久良玉多弃捐或時泄光彩夜与星月連中頂
最高峯拄天青玉竿䫻颸上不得豈我能攀援上有白蓮池素
葩覆清瀾聞名不可到處所非人寰又有一片石大如方尺甎插在
半壁上其下万仞懸云有過去師坐得無生禪号爲定心石長老世
相傳却上謁仙祠蔓草生綿綿昔聞王氏子羽化升上玄其西瞰藥
臺猶對芝朮田時復明月夜上聞黄鶴言迴尋畫龍堂二叟鬢
髮斑想見聽法時歡喜禮印壇復歸泉窟下化作龍蜿蜒階

前石孔在欲雨生白烟往有寫經僧身靜心精專感彼雲外鴿群飛千翩翩來添硯中水去吸巖底泉一日三往復時節長不愆經成号聖僧弟子名楊難誦此蓮花偈數滿百億千身壞口不壞舌根如紅蓮顱骨今不見石函尚存焉粉壁有吴畫筆彩依舊鮮素屏有褚書墨色如新乾靈境与異跡周覽無不殫一遊五晝夜欲返仍盤(淵聖御名)我本山中人誤爲時網牽牽率使讀書推挽令効官既登文字科又忝諫諍員拙直不合時無益同素飡以此自慙惕戚戚常寡歡無成心力盡未老形骸殘今來脱簪組始覺離憂患及爲山水遊弥得縱疎頑野麋斷羈絆行走無拘攣池魚放入海一往何時還身着居士衣手把南華篇終來此山住永謝區中緣我今四十餘從此終身閑若以七十期猶得三十年

酬張十八訪宿見贈　自此後詩爲贊善大夫時所作

昔我爲近臣君常稀到門今我官職冷唯君來往頻我受猾介性

立爲頑拙身平生雖寡合合即無緇磷況君秉高義富貴視如雲五侯三相家眼冷不見君問其所与游獨言韓舍人其次即及我我愧非其倫胡爲謬相愛歲晚逾勤勤落然頽簷下一話夜達晨床單食味薄亦不嫌我貧日高上馬去相顧猶逡巡長安久無雨日赤風昏昏怜君將病眼爲我犯埃塵遠從延康里來訪曲江濱所重君子道不獨愧相親

朝歸書寄元八

進入閤前拜退就廊下飡歸來昭國里人臥馬歇鞍却睡至日午起坐心浩然況當好時節雨後清和天柹樹緑陰合王家庭院寬瓶中鄠縣酒牆上終南山獨眠仍獨坐開衿當風前禪僧与詩客次第來相看要語連夜語須眠終日眠除非奉朝謁此外無別牽年長身且健官貧心甚安幸無急病痛不至苦飢寒自此聊以適外緣不能干唯應靜者信難爲動者言臺中元侍御早晚作

郎官未作郎官際無人相伴閑

酬吴七見寄

曲江有病客尋常多掩關又聞馬死來不出身更閑聞有送書者自起出門看素緘署丹字中有瓊瑶篇口吟耳自聽當暑忽翛然似漱寒玉水如聞商風絃首章歎時節末句思笑言懶慢不相訪隔街如隔山常聞陶潛語心遠地自偏君住安邑里左右車徒喧竹藥閉深院琴罇開小軒誰知市南地轉作壺中天君本上清人名在石堂間不知有何過謫作人間仙常恐歲月滿飄然歸紫烟莫忘蜉蝣内進士有同年

昭國閑居

貧閑日高起門巷晝寂寂時暑放朝參天陰少人客槐花滿田地僅絶人行跡獨在一床眠清涼風雨夕勿嫌坊曲遠近即多牽役勿嫌禄俸薄厚即多憂責平生尚恬曠老大宜安適何以養吾真

官閑居處僻

喜陳兄至

黃鳥啼欲歇青梅結半成坐憐春物盡起入東園行攜觴懶獨酌忽聞叩門聲閑人猶喜至何況是陳兄從容盡日語稠疊長年情勿輕一盞酒可以話平生

贈杓直

世路重祿位栖栖者孔宣人情愛年壽夭死者顏淵二人如何人不奈命与天我今信多幸撫己愧前賢已年四十四又爲五品官況茲知足外別有所安焉早年以身代直赴逍遙篇近歲將心地迴向南宗禪外順世間法內脫區中緣進不厭朝市退不戀人寰自吾得此心投足無不安體非道引適意無江湖閑有興或飲酒無事多掩關寂靜夜深坐安穩日高眠秋不苦長夜春不惜流年委形老小外忘懷生死間昨日共君語与余心膂然此道不可道因君聊強言

寄張十八

飢止一簞食渴止一壺漿出入止一馬寢興止一牀此外無長物於我有若亡胡然不知足名利心遑遑念茲弥懶放積習遂爲常經旬不出門竟日不下堂同病者張生貧僻住延康慵中每相憶此意未能忘迢迢青槐街相去八九坊秋來未相見應有新詩章早晚來同宿天氣轉清涼

題玉泉寺

湛湛玉泉色悠悠浮雲身閑心對定水清淨兩無塵手把青筇杖頭戴白綸巾興盡下山去知我是誰人

朝迴遊城南

朝退馬未困秋初日猶長迴轡城南去郊野正清涼水竹夾小徑縈迴繞川岡仰看晚山色俯弄秋泉光青松繫我馬白石爲我牀常時簪組累此日和身忘且隨鵷鷺末暮遊鷗鶴

傍機心一以盡兩處不亂行誰辨心与跡非行亦非藏

舟行江州路上作

帆影日漸高閑眠猶未起起問鼓枻人已行三十里船頭有行竈炊稻烹紅鯉飽食起婆娑盥漱秋江水平生滄浪意一旦來遊此何況不失家舟中載妻子

湓浦早冬

潯陽孟冬月草木未全衰祇抵長安陌涼風八月時日西湓水曲獨行吟舊詩蓼花始零落蒲葉稍離披但作城中想何異曲江池

江州雪

新雪滿前山初晴好天氣日西騎馬出忽有京都意城柳方綴花簷冰才結穗須臾風日暖處處皆飄墜行吟賞未足坐歎銷何易猶勝嶺南看雰雰不到地

六卷終

白氏文集卷第七　閑適三　古調五言　五十八首

題潯陽樓　自此後詩江州司馬時作

常愛陶彭澤文思何高玄又怪韋江州詩情亦清閑今朝登此樓有以知其然大江寒見底匡山青倚天深夜湓浦月平旦鑪峯烟清輝与靈氣日夕供文篇我無二人才孰爲來其間因高偶成句俯仰愧江山

訪陶公舊宅　并序

予夙慕陶淵明爲人往歲渭川閑居嘗有傚陶體詩十六首今遊廬山經柴桑過栗里思其人訪其宅不能默默又題此詩云

垢塵不汚玉靈鳳不啄羶嗚呼陶靖節生彼晉宋間心實有所守口終不能言永惟孤竹子拂衣首陽山夷齊各一身窮餓未爲難先生有五男与之同飢寒腸中食不充身上衣不完連徵竟不起斯可謂真賢我生君之後相去五百年每讀五柳傳目想心拳拳

昔常詠遺風著爲十六篇今來訪故宅森若君在前不慕樽有
酒不慕琴無絃慕君遺榮利老死此丘園紫桑古村落栗里舊
山川不見籬下菊但餘墟中烟子孫雖無聞族氏猶未遷每逢
姓陶人使我心依然

北亭

廬宮山下州湓浦沙邊宅宅北倚高崗迢迢數千尺上有青青竹
竹間多白石茅亭居上頭豁達門四闢前楹卷簾箔北牖施床席
江風万里来吹我涼淅淅日高公府歸巾笏隨手擲脫衣恣搔首
坐卧任所適時傾一盃酒曠望湖天夕口詠獨酌謡目送歸飛翮
慙無出塵操未免折腰役偶獲此閑居謬似高人跡

汎湓水

四月未全熱麦涼江氣秋湖山處處好最愛湓水頭湓水從東來一
派入江流可怜似縈帶中有隨風舟命酒一臨汎捨鞍揚棹謳放

迴岸傍馬去逐波閒鷗烟浪始渺渺風襟亦悠悠初疑上河漢
中若尋瀛洲汀樹綠拂地沙草芳未休靑蘿与紫葛枝蔓垂
相樛繫纜步平岸迴頭望江州城雉映水見隱隱如蜃樓日入意未
盡將埽復少留到官行半歲今日方一遊此地來何暮可以寫吾憂

荅故人

故人對酒歎歎我在天涯見我昔榮遇念我今蹉跎問我爲司馬
官意復如何荅云且勿歎聽我爲君歌我本蓬蓽人鄙賤劇泥沙
讀書未百卷信口嘲風花自從筮仕來六命三登科顧慙虛劣姿
所得亦已多散員足庇身薄俸可資家省分輒自愧豈爲不
遇耶煩君對盃酒爲我一咨嗟

官舍內新鑿小池

簾下開小池盈盈水方積中底鋪白沙四隅甃靑石勿言不深
廣但取幽人適泛灔微雨朝泓澄明月夕豈無大江水波浪連天

白朮如床席前方丈深盈尺清淺可狎弄昏煩聊漱滌最愛
曉暝時一片秋天碧

宿簡寂觀

巖白雲尚屯林紅葉初隕秋光引閑步不知身遠近夕投靈
洞宿卧覺塵機泯名利心旣忘市朝夢亦盡暫來尚如此
況乃終身隱何以療夜飢一匙雲母粉

讀謝靈運詩

吾聞達士道窮通順冥數通乃朝廷來窮即江湖去謝公才
廓落与世不相遇壯志鬱不用須有所洩洩處爲山水詩逸
韻諧奇趣大必籠天海細不遺草樹豈唯翫景物亦欲攄心
素往往即事中未能忘興諭因知康樂作不獨在章句

北亭獨宿

悄悄壁下床紗籠耿殘燭夜半獨眠覺疑在僧房宿

約心

黑鬢絲雪侵青袍塵土涴兀兀復騰騰江城一上佐朝就高齋上薰然負暄卧晚下小池前澹然臨水坐已約終身心長如今日過

晚望

江城寒角動沙洲夕鳥還獨在高亭上西南望遠山

早春

雪銷冰又釋景和風復暄滿庭田地濕薺葉生牆根官舍悄無事日西斜掩門不開莊老卷欲与何人言

春寢

何處春暄來微和生血氣氣薰肌骨暢東窓一昏睡是時正月晦假日無公事爛熳不能休自午將及未緬思少健日甘寢常自恣一從衰疾來枕上無此味

睡起晏坐

後亭晝眠足起坐春景暮新覺眼猶昏無思心正住淡寂歸一性虛閑遺万慮了然此時心無物可辟喻本是無有鄉亦名不用處行禪与坐忘同歸無異路（道書云無何有之鄉禪經云不用處二者殊名而同歸）

詠懷

盡日松下坐有時池畔行行立与坐卧中懷澹無營不覺流年過亦任白髮生不爲世所薄安得遂閑情

春遊二林寺

下馬西林寺翛然進輕策朝爲公府吏暮是靈山客二月匡廬北氷雪始消釋陽叢抽茗芽陰竇洩泉脉熙熙風土暖藹藹雲嵐積散作万壑春凝爲一氣碧身閑易澹泊官散無牽迫緬彼十八人古今同此適（昔永遠宗雷等十八賢同隱于二林寺）是年淮寇起處處興兵革智士勞思謀戎臣苦征役獨有不才者山中弄泉石

出山吟

朝詠遊仙詩暮歌采薇曲卧雲坐白石山中十五宿行隨出洞水迴别緣巖竹早晚重來遊心期瑶草緑

歲暮

已任時命去亦從歲月除中心一調伏外累盡空虚名官意已矣林泉計何如擬近東林寺溪邊結一廬

聞早鶯

日出眠未起屋頭聞早鸎忽如上林曉万年枝上鳴憶爲近臣時秉筆直承明春深視草暇旦暮聞此聲今聞在何處寂寞潯陽城鳥聲信如一分别在人情不作天涯意豈殊禁中聽

栽杉

勁葉森利劍孤莖挺端標纔高四五尺勢若干青霄移栽東窓前愛尔寒不凋病夫卧相對日夕閑蕭蕭昨爲山中樹今爲簷下條雖然遇賞翫無乃近塵囂猶勝澗谷底埋没隨衆樵不

見鬱鬱松委質山上苗

過李生

蘋小蒲葉短南湖春水生子近湖邊住靜境稱高情我爲郡司馬散拙無所營使君知性野衙退任閑行行攜小榼出逢花輒獨傾半酣到子舍下馬扣柴荊何以引我步繞籬竹萬莖何以醒我酒吳音吟一聲須臾進野飯飯稻茹芹英白甌青竹筯儉潔無羶腥欲去復徘徊夕鴉已飛鳴何當重遊此待君湖水平

詠意

常聞南華經巧勞智憂愁不如無能者飽食但遨遊平生愛慕道今日近此流自來潯陽郡四序忽已周不分物黑白但與時沉浮朝飡夕安寢用是爲身謀此外即閑放時尋山水幽春遊慧遠寺秋上庾公樓或吟詩一章或飲茶一甌身心一無繫浩浩如虛舟富貴亦有苦苦在心危憂貧賤亦有樂樂在身自由

食笋

此州乃竹鄉春笋滿山谷山夫折盈抱抱來早市鬻物以多爲賤雙錢易一束置之炊甑中与飯同時熟紫籜坼故錦素肌擘新玉每日遂加飡經時不思肉久爲京洛客此味常不足且食勿踟躕南風吹作竹

遊石門澗

石門無舊徑披榛訪遺跡時逢山水秋清輝如古昔常聞慧遠輩題詩此巖壁雲覆莓苔封蒼然無處覓蕭疎野生竹崩剥多年石自從東晉後無復人遊歷獨有秋澗聲潺湲空旦夕

招東隣

小榼二升酒新簟六尺床能來夜話否池畔欲秋涼

題元十八溪亭 亭在廬山東南五老峯下

怪君不喜仕又不遊州里今日到幽居了然知所以宿君石溪亭

潺湲聲滿耳飲君螺盃酒醉卧不能起見君五老峯益悔居城市愛君三男兒始歎身無子余方鑪峯下結室爲居士山北与山東往來從此始

香鑪峯下新置草堂即事詠懷題於石上

香鑪峯北面遺愛寺西偏白石何鑿鑿清流亦潺潺有松數十株有竹千餘竿松張翠繖蓋竹倚青琅玕其下無人居惜哉多歲年有時聚猨鳥終日空風烟時有沉冥子姓白字樂天平生無所好見此心依然如獲終老地忽乎不知還架巖結茅宇斸壑開茶園何以洗我耳屋頭落飛泉何以淨我眼砌下生白蓮左手攜一壺右手挈五絃傲然意自足箕踞於其間興酣仰天歌歌中聊寄言言我本野夫誤爲世網牽時來昔捧日老去今歸山倦鳥得茂樹涸魚反清源捨此欲焉往人間多險艱

草堂前新開一池養魚種荷日有幽趣

淙淙三峽水浩浩万頃陂未如新塘上微風動漣漪小萍加泛泛
初蒲正離離紅鯉二三寸白蓮八九枝遶水欲成徑護堤方插籬
已被山中客呼作白家池

白雲期 黃石巖下作

三十氣太壯胷中多是非六十身太老四體不支持四十至五十正
是退閑時年長識命分心慵少營爲見酒興猶在登山力未衰
吾年幸當此且与白雲期

登香鑪峯頂

迢迢香鑪峯心存耳目想終年牽物役今日方一往攀蘿蹋危
石手足勞俯仰同遊三四人兩人不敢上上到峯之頂目眩神怳怳
高低有万尋闊狹無數丈不窮視聽界焉識宇宙廣江水細如繩湓城
小於掌紛吾何屑屑未能脫塵鞅歸去思自嗟低頭入蟻壤

荅崔侍郎錢舍人書問因繼以詩

旦暮兩蔬食日中一閑眠便是了一日如此已三年心不擇時適足不揀地安窮通与遠近一貫無兩端常見今之人其心或不然在勞則念息處靜已思喧如是用身心無乃自傷殘坐輸憂惱便安得形神全吾有二道友藹藹崔与錢同飛青雲路獨墮黃泥泉歲暮物万變故情何不遷應爲平生心与我同一源帝鄉遠於日美人高在天誰謂万里別常若在目前泥泉樂者魚雲路遊者鸞勿言雲泥異同在逍遙間因君問心地書後偶成篇慎勿說向人人多笑此言

烹葵

昨卧不夕食今起乃朝飢貧廚何所有炊稻烹秋葵紅粒香復軟綠英滑且肥飢來止於飽飽後復何思思憶榮遇日迨今窮退時今亦不凍餒昔亦無餘資口既不減食身又不減衣撫心私自問何者是榮衰勿學常人意其間分是非

小池二首

晝倦前齋熱晚愛小池清映林餘景没近水微涼生坐把蒲葵扇閑吟三兩聲

有意不在大湛湛方丈餘荷側瀉清露萍開見游魚每一臨此坐憶歸青溪居

閉關

我心忘世久世亦不我干遂成一無事因得常掩關掩關來幾時髣髴二三年著書已盈帙生子欲能言始悟身向老復悲世多艱迴顧趨時者役役塵壤間歲暮竟何得不如且安閑

弄龜羅

有姪始六歲字之為阿龜有女生三年其名曰羅兒一始學笑語一能誦歌詩朝戲抱我足夜眠枕我衣汝生何其晚我年行已衰物情小可念人意老多慈酒美竟須壞月圓終有虧

亦如恩愛緣乃是憂惱資舉世同此累吾安能去之

截樹

種樹當前軒樹高柯葉繁惜哉遠山色隱此蒙籠間一朝持斧斤手自截其端萬葉落頭上千峯來面前忽似決雲霧豁達覩青天又如所念人久别一欵顔始有清風至稍見飛鳥還開懷東南望目遠心遼然人各有偏好物莫能兩全豈不愛柔條不如見青山

望江樓上作

江畔百尺樓樓前千里道憑高望平遠亦足舒懷抱驛路使憧憧關防兵草草及兹多事日尤覺閑人好我年過不惑休退誠非早從此拂塵衣歸山未爲老

題座隅

手不任執殳肩不能荷鋤量力揆所用曾不敵一夫幸因筆硯切得升仕進途歷官凡五六禄俸及妻奴左右有兼僕出入有

單車自奉雖不厚亦不至飢劬若有人及此傍觀爲何如雖賢亦爲幸況我鄙且愚伯夷古賢人魯山亦其徒時哉無奈何俱化爲餓殍（元魯山山居阻水食絶而終）念彼益自愧不敢忌斯須平生榮利心破滅無遺餘猶恐塵妄起題此於座隅

昔與微之在朝日同蓄休退之心迨今十年淪落老大追尋前約且結後期

往子爲御史伊余忝拾遺皆逢盛明代俱登淸近司予繫玉爲珮子曳繡爲衣從容香烟下同侍白玉墀朝見寵者辱暮見安者危紛紛無退者相顧令人悲宦情君早厭世事我深知常於榮顯日已約林泉期況今各流落身病齒髮衰不作卧雲計携手欲何之待君女嫁後及我官滿時稍無骨肉累粗有漁樵資歲晚青山路白首期同歸

垂釣

臨水一長嘯忽思十年初三登甲乙第一入承明廬浮生多變化外事有盈虛今來伴江叟沙頭坐釣魚

晚鷰

百鳥乳鶵畢秋鷰獨蹉跎去社日已近銜泥意如何不悟時節晚徒施功用多人間事亦爾不獨鷰營窠

贖雞

清晨臨江望水禽正諠繁鳧鴈與鷗鷺游颺戲朝暾適有鬻雞者挈之來遠村飛鳴彼何樂窘束此何冤喔喔十四鶵罩縛同一樊足傷金距縮頭搶花冠翻經宿廢飲啄日高詣屠門遲迴未死間飢渴欲相吞常慕古人道仁信及魚豚見茲生惻隱贖放雙林園開籠解索時雞雞聽我言（犯御嫌名）爾鏹三百小惠何足論莫學銜環雀崎嶇謾報恩

秋日懷杓直 時杓直出牧澧州

晚来天色好獨出江邊步憶与李舍人曲江相近住常云遇清景
必約同幽趣若不訪我來還須覓君去開眉笑相見把手期何處西
寺老胡僧南園乱松樹携持小酒榼吟詠新詩句同出復同歸從
朝直至暮風雨忽消散江山眇迴互潯陽与涔陽相望空雲霧
心期自乖曠時景還如故今日郡齋中秋光誰共度

食後

食罷一覺睡起來兩甌茶舉頭看日影已復西南斜樂人惜
日促憂人猒年賒無憂無樂者長短任生涯

齊物二首

青松高百丈綠蕙低數寸同生大塊間長短各有分長者不可
退短者不可進若用此理推窮通兩無悶
椿壽八千春槿花不經宿中間復何有冉冉孤生竹竹身三年老
竹色四時綠雖謝椿有餘猶勝槿不足

山下宿

獨到山下宿靜向月中行何處水邊碓夜舂雲母聲

題舊寫眞圖

我昔三十六寫貌在丹青我今四十六衰顇卧江城豈止十年老曾与衆苦并一照舊圖畫無復昔儀形形影默相顧如弟對老兄況使他人見能不昧平生羲和鞭日走不爲我少停形骸屬日月老去何足驚所恨凌烟閣不得畫功名

閑居

肺病不飲酒眼昏不讀書端然無所作身意閑有餘雞栖籬落晚雪映林木踈幽獨已云極何必山中居

對酒示行簡

今旦一樽酒歡暢何怡怡此樂從中來他人安得知兄弟唯二人遠別恒苦悲今春自巴峽万里平安歸復有雙幼妹笄年未結

禱昨日嫁娶畢良人皆可依憂愛念兩消釋如刃斷羈縻身輕心無繫忽欲凌空飛人生苟有累食肉常如飢我心既無苦飲水亦可肥行簡勸尔酒停盃聽我辭不歎鄉國遠不嫌官禄微但願我與尔終老不相離

詠懷

冉求与顔淵卞和与馬遷或罹天六極或被人刑殘顧我信爲幸百骸且完全五十不爲夭吾今欠數年知分心自足委順身常安故雖窮退日而無慼慼顔昔有榮先生從事於其間今我不量力舉心欲攀援窮通不由己歡戚不由天命即無奈何心可使泰然且務由己者省躬諒非難勿問由天者天高難与言

夜琴

蜀桐木性實楚絲音韻清調慢彈且緩夜深十數聲入耳淡無味愜心潛有情自弄還自罷亦不要人聽

山中獨吟

人各有一癖我癖在章句万緣皆已銷此病獨未去每逢美風景
或對好親故高聲詠一篇怳若与神遇自爲江上客半在山中住
有時新詩成獨上東巖路身倚白石崖手攀青桂樹狂吟驚
林壑猨鳥皆窺覷恐爲世所嗤故就無人處

達理二首

何物壯不老何時窮不通如彼音与律宛轉旋爲宮我命獨何
薄多悴而少豊當壯已先衰暫泰還長窮我無柰命何委
順以待終命無柰我何方寸如虛空瞢然与化俱混然与俗
同誰能坐自苦齟齬於其中
舒姑化爲泉牛哀病作虎或柳生肘間或男變爲女鳥獸
及水木本不与民伍胡然生變遷不待死歸土百骸是己物尚
不能爲主況彼時命間倚伏何足數時來不可遏命去焉能

取唯當養浩然吾聞達人語

湖庭晚望殘水

湖上秋泬寥湖邊晚蕭瑟登亭望湖水水縮湖底出清渟得早霜明減浮殘日流注隨地勢洼坳無定質泓澄白龍卧宛轉青蛇屈破鏡折劍頭光芒又非一久爲山水客見盡幽奇物及來湖亭望此狀難談悉乃知天地間勝事殊未畢

郭虚舟相訪

朝暖就南軒暮寒歸後屋晚酌一兩盃夜棊三四局寒灰埋暗火曉焰凝殘燭不嫌貧冷人時來同一宿

白氏文集卷第七